KB109363

고요한 포옹

고요한 포옹

박연준 산문

마음산책

고요한 포옹

1판 1쇄 발행 2023년 4월 20일
1판 7쇄 발행 2024년 11월 5일

지은이 | 박연준
펴낸이 | 정은숙
펴낸곳 | 마음산책

등록 | 2000년 7월 28일(제2000-000237호)
주소 | (우 04043) 서울시 마포구 잔다리로3안길 20
전화 | 대표 362-1452 편집 362-1451 팩스 | 362-1455
홈페이지 | www.maumsan.com
블로그 | blog.naver.com/maumsanchaek
트위터 | twitter.com/maumsanchaek
페이스북 | facebook.com/maumsan
인스타그램 | instagram.com/maumsanchaek
전자우편 | maum@maumsan.com

ISBN 978-89-6090-808-6 03810

* 책값은 뒤표지에 있습니다.

작은 이야기를 하고 싶다.

작은 이야기를 모아 커다래지고 싶다.

금을 간직한 채 나아가는 일

이 책엔 이런 단어가 들어 있다.

검은 고양이, 선잠, 개방성, 적요, 물소리, 복화술, 쑥부쟁이, 된장, 소설, 짐승, 기회, 부끄러움, 발톱, 통제, 예배당, 모나리자, 원고료, 거부감, 사회시스템, 시냇물, 뜬구름, 우울, 코낙, 스폰지밥, 똥, 빵, 40퍼센트, 우연, 푸름, 꾸벅꾸벅, 살림, 씨앗, 공부, 내제자, 가만히, 머리통, 가장자리, 갈릴레오, 하인, 헤세, 욕심쟁이, 50원, 악기, 자본주의, 월세, 묘책, 초보, 사고, 엉망진창, 갱지, 정맥, 올리브나무, 그래도, 온종일, 의기양양, 꽁무니, 육성, 에이미, 열네 살, 생존, 도둑, 카운터, 동그라미, 삼성전자, 사형 집행, 물주먹, 아름다움, 피, 조약돌, 파양, 커튼, 스트레스, 염치, 반려사물, 아네

스 바르다, 기어코, 화산, 울음소리, 복분자주, 진짜, 하모니카, 미저리, 언니들, 여성되기, 이듬해, 키스, 고압선, 통역, 월담, 복사뼈, 기울기, 팽이…….

책에서 무작위로 뽑아 늘어놓은 단어들을 살펴보니 기쁘고 슬프고 두렵다. 각 단어의 독립성과 개성을 보는 게 기쁘고, 문장에 휩쓸려 희미해질 단어 각각의 숙명을 생각하면 슬프고, 내가 이 단어들을 '무심히' 사용하고 다른 곳으로 건너가려는 게 아닌지 두렵다.

책을 마무리하는 일은 꽃밭에 물을 주듯 기르던 단어 곁을, 그 장소를 떠나는 일이다.

산문을 쓰는 일은 잘 다듬은 콩나물을 바구니에 담아 내놓는 일 같다. 여기까지 다듬었으니 다음은 당신에게 맡길게요. 알아서 조리해주세요. 이렇게 부탁하고 돌아서는 일. 내 생각은 날것이라 거칠지만 미래는 창창하답니다. 국이 될지 조림이 될지 한 다발의 먹을 수 없는 꽃이 될지 당신에게 달려 있어요, 우기고 싶다. 시나 소설을 쓸 땐 다듬은 콩나물을 이고 지고 방에 숨어 요리하는 기분이다. 맛을 내버렸으니, 그러니까 '결정된 요리'를 당신 앞에 놓아두겠으니 좋으면 드시고 싫으면 돌아서도 좋습니다. 이렇게 말하며 떠나는 일.

요새는 생각한다. 콩나물을 다듬고 당신에게 요리를 맡길 수 있는 시간이 얼마나 남아 있을까? 쓰는 마음에도 금이 갈 수 있다.

전에는 '금이 갔다'라고 표현할 수 있는 모든 것을 두려워했다. 금이 갔다. 그건 끝장이 났다는 말 아닌가? 금이 간 컵, 금이 간 우정, 금이 간 사랑, 금이 간 삶……. 금 간 건 돌이킬 수 없이 망가졌다는 것, 미래가 어둡다는 것, 볼장 다 봤다는 뜻이라고 생각했다. 정말 그럴까? 금이나 균열 없이 무결한 존재나 관계란 게 가능할까?

사용한 물건엔 흔적이 남고, 오래된 관계엔 크고 작은 균열이 생긴다. 어느 날은 실금처럼 가느다란 균열이 거미줄처럼 퍼질 수 있다. 금이 간 걸 전부 내다 버린다면 곁에 남아 있는 게 없을지도 모른다. 내 곁에도 금 간 것이 얼마나 많은지! 며칠 전엔 냉장고에 붙여둔 '수영하는 소년' 자석 장식이 바닥에 떨어져 다리가 부러졌다. 보석함 뚜껑에 달린 '꽃을 쥔 천사'의 손목이 부러졌다. 아끼는 빈티지 잔을 떨궈 손잡이가 깨졌다. 나는 깨진 것들을 본드로 하나

하나 이어 붙였다. 수영하는 소년의 허벅지에 금이 생겼다. 꽃을 든 천사의 손목에도, 빈티지 잔의 표면과 손잡이 사이에도 금이 남았다. 그렇지만 나는 이것들을 전과 똑같이, 아니 전보다 더 아낀다. 이들에게 생긴 '금' 때문에, 취약함 때문에 더 애지중지하게 되었다. 빈티지 잔에 가끔 물을 따라 마신다. 자주 사용할 순 없다. 많은 시간 들여다보고 인사만 한다. 괜찮니? 무사하렴. 여전히 아름답구나. 금 간 시간에게 말을 건다.

금이 간 채로 끝까지 가는 관계도 있다. 버틴다기보다 유지하는 것에 가까운 관계. 금을 보호하며 나아가는 관계도 있는 게다. 오래 우정을 나눠온 친구와 나 사이에도 금이 있다. 크게 깨졌다가 (3년 만에!) 이어 붙인 뒤 더 단단해졌다. 가족과 나, 글쓰기와 나, 생활과 나, 사랑하는 많은 것과 나 사이에 금이 있다. 이어 붙이고 '다시' 산다. 몸에도 금이 있다. 얼마 전 경추 4번과 5번에 디스크가 생겨 병원에 다녀왔다. 병원이야말로 수많은 금을 이어 붙이는 곳이다. 마음에도 금이 있다. 아주 많다.

이 책에는 수많은 금이 들어 있다. 금 간 영혼을 수선하느라 골똘히 애쓴 시간에 관한 이야기를 썼다. '되고 싶은 나'와 '되기 쉬운 나' 사이에서 괴로워하다 금을 간직한 내가 되는 이야기가 들어 있다.

이제 나는 열정적 포개짐보다 고요한 포옹이 좋다. 당신이 간직한 금이 혹시 나로 인해 부서지지 않도록 가만가만 다가서는 포옹이 좋다. 등과 등에 서로의 손바닥이 닿을 때, 가벼운 포개짐이 좋다. 고양이처럼 코끝으로 인사하며 시작하고 싶다. 끔찍하고 아름다운 세상에서 금 간 것을 계속 살피고 보호하려는 마음을 키우고 싶다. 어렵더라도.

책의 일부는 월간 〈톱클래스〉에 연재한 글이다. 꼼꼼히 읽고, 매번 다정한 편지를 보내준 김민희 편집장께 감사드린다. 책을 만들어준 마음산책에도 감사드린다.

4월의 이파리들이 마구 돋아난 때에 책을 내게 되어 기쁘다. 이 기쁨이 당신에게 닿을 수 있기를!

2023년 봄, 파주에서

박연준

차 례

4 우리는 타인의 슬픔을 간직할 수 있다

마음의 일렁임은 우리 안에 머문다.

그것들은 우리 안에 머물러 우리를 만든다.

1

다른 사람

도착

무해하게 돋아나 아름답게 존재하는 것. 부드럽고 보송하고 고소한 향내를 풍기는 것. 아첨하지 않고도 상대에게 원하는 걸 받아내는 것. 오면 가고 가면 오는 것. 마음을 몰라 끝내 마음을 다 주게 되는 것!

오랫동안 검은 고양이 한 마리를 곁에 두는 삶을 상상했다. 빛나는 노란 눈을 제외하면 온통 검은 고양이. 밤을 지휘하는 악사처럼 음악적으로 움직이고 잠드는 네로 황제 같은 고양이를 상상했다. 오전엔 고요하고 낮엔 태평하며 밤엔 위엄을 두른 고양이를 꿈꿨다. 서가를 눈으로 훑으며 걸어오는 고양이, 원고를 쓸 때 무릎에 앉아 골골송을 부르는 고양이여……. 도착하지 않은 그를 생각하며 희열에 빠지곤 했다.

바야흐로 내 인생에 고양이가 도착했다. 흰 고양이다! 인생이란 검은 고양이를 상상했지만 흰 고양이를 만나, 세상에 흰 고양이가 전부라는 듯 그를 섬기며 사랑하는 일 아니겠는가. 검은 고양이? 그건 전생의 일이란 듯 머릿속에서 냉큼 지웠다. 선배 언니가 고양이의 이름을 지어줬다. 현재의 주인, 집주인이라는 뜻을 가진 '당주'. 이토록 큰 이름을 얻고서 당주는 정말 우리 집 주인이 되었다.

당주는 한 살 된 암고양이다. 호박색과 하늘색을 섞어놓은 옥색 눈을 가졌다. 코와 귀는 부드러운 분홍, 멋대로 뻗어나간 오선지처럼 자유로워 보이는 수염이 달린 얼굴. 이마는 조그마한 언덕 같아 쓰다듬기에 딱 좋다. 스트레칭할 때 보면 팔다리가 제법 길다. 발바닥에 분홍 젤리 네 개, 작고 뾰족한 송곳니, 탄탄한 등과 몰캉몰캉한 배, 지휘봉 같은 꼬리. 완벽한 생명체다! 고양이가 도착한 뒤 비로소 '팔불출'의 의미를 알게 됐다.

당주는 도착한 날 수모를 당했다. 내가 남편과 상의하지 않고 고양이를 집으로 데려왔기 때문이다. 말없이 데려온 건 잘못이지만 그가 벌써 5년째 고양이 키우는 일을 나중으로 미뤘기에 일을 저지를 수밖에 없었다. 막상 고양이를 보면 그가 달라지리라 생각했다. 남편은 의논도 없이 이렇게 중요한 일을 저지른 내게 화가 나서 처음엔 고양이에게 눈길도 주지 않았다. 나는 남편 눈치와 고양이 눈치를 보느라 가자미처럼 납작해질 지경이었다.

당주는 버려진 고양이로 단골 카페 사장님이 구조해 입양과 파양, 임시 보호를 거쳐 우리 집에 오게 되었다. 구조 후 동물 병원에 며칠 있었는데, 병원에서 이렇게 사람을 좋아하는 고양이는 처음 본다며 놀라워했다고 한다. 그러다가 입양을 간 노부부 집에서 새벽에 너무 울어 두 달 후 파양을 당했고, 그 후 임시로 머물던 집에서는 원래 살던 다섯 마리 고양이와 사이가 나빠 입양처를 찾았다고 했다. 당주는 이동식 케이지 문을 열어주자 당당하게 걸어 다니며 집 곳곳을 탐색했다. 다른 고양이가 없는지, 이곳이 어떻게 생겨먹은 곳인지, 낯선 남자와 여자는 믿을 만한 사람인지 자세히 관찰하려는 듯했다.

나는 고양이가 생산한 '감자와 맛동산(대소변)'을 캐는 법도 모르는 초보 집사라 인터넷으로 정보를 검색해야 했다. 아는 게 아무것도 없었다. 당주가 온 날 남편은 화가 풀리지 않아 거실 소파에서 잤는데, 영리한 당주는 남편 발밑에 엉덩이를 붙이고 같이 자는 게 아닌가? 가자미가 된

나는 걱정과 흥분으로 그날 밤 잠을 설쳤다. 새벽에 선잠이 들었던가. 아침에 거실을 들여다보니 남편이 고양이를 앞에 두고 장난감 낚싯대를 조용히 흔들고 있었다. 속으로 쾌재를 부르곤 보지 못한 척했다. 그는 멋쩍은지 이렇게 말하며 스스로에게 정당성을 부여했다. "고양이에겐 아무런 잘못이 없어!"

물론이다. 잘못은 상의하지 않은 내게 있다. 그는 처음에 고양이의 이름을 부르지 않다가 얼마 후에는 "고양이야" 하고 불렀다. 나중엔 "당주야" 혹은 "우리 당주, 아빠한테 오세요" 하는 식으로 빠르게 변하는 모습을 보여줬다. 내가 한 번도 들어보지 못한 간지러운 목소리로 말이다. 고양이는 모든 것을 바꿔놓을 수 있다.

지금은 그가 당주를 더 사랑하는 것처럼 보인다. 당주를 향해 허리를 수그리고 있는 뒷모습, 무릎을 꿇고 고양이를 쓰다듬으며 행복해하는 표정, 들어가서 놀라고 서랍과 장롱 문을 열어놓는 개방성(?), 간식을 들고 고양이를 부르는 목소리에서 사랑이 느껴진다. 그렇다. 우리는 사랑에 빠졌다. 좀처럼 깨지지 않는 견고한 사랑이다.

인생에 이런 황홀한 '도착'이 몇 번이나 더 있을까. 가스통 바슐라르의 『촛불』이란 책을 보면, 카몽이스란 시인이 밤에 촛불이 꺼지자 “자기 고양이 눈빛에 기대어” 시를 썼다는 이야기가 나온다. 고양이의 눈빛은 시를 부른다.

어느 날 고양이가 도착했다. 예고도 없이 이렇게 됐다. 고양이의 눈빛에 기대어 삶의 어느 시기, 새로운 문을 열게 되는 일. 당주가 도착한 후 인생이 조금 바뀔 것을 예감했다.

도착

—당주에게

모서리를 사랑하는 고양이에게 물었다

너는 땅을 찢고 태어난 초록도 아니고
가지 끝에서 터져 나오는 열매도 아니지
공룡처럼 알을 깨고 나오지도 않았어

너는 어떻게 우리에게 왔지?

새벽 나무에서 달아나는

잎이,

잎이,

잎이,

달아나면서 너를
데리고 왔나?

네발로 밤을 저울질하는 고양이야
너는 흰 털로 포장한 용수철
날개를 털어버린 새
잠 사냥꾼
산 사랑과 죽은 사랑을 골라내는 자
새벽 3시의 적요,

모서리를 사랑하는 고양이에게 물었다

구겨진 시트 위에 뭘 올려두었지?

여름의 끝,
희미해지는 열기
바람의 찬 꼬리

가을의 배냇저고리

옛날에 가졌던 이름들

먼 곳의 물소리

먼 곳의 발소리

이런 것

날 보는 네 초조한 행복

이런 것

내 고양이는 복화술로 답하지

여름의 끝에 도착했으니,

같이 잘까?

내 고양이가 눈을 감자

달빛, 쑥부쟁이, 돌과 참새가

사라졌다

한꺼번에

2

씨앗으로 견디기

아욱국을 끓이는 가을 아침

가을 아침이다. 싱크대 한가득 아욱을 펼쳐놓고 바라본다. 이걸 언제 다 다듬지? 한숨이 나오지만 부드러운 식감을 위해선 아욱을 잘 다듬고 빨래하듯 북북 문질러 씻어야 한다. 요리는 재료 손질이 반 이상을 차지하는 일이다. 재료를 씻고 다듬고 잘라놓는 일, 좀 귀찮아도 정성을 들여야 맛이 난다. 아욱이나 시금치, 근대 따위를 씻거나 데칠 때마다 생각한다. 누가 맨 처음 이 시퍼런 풀을 뜯어 먹을 생각을 했을까. 마늘과 된장을 넣고 요리할 생각을 한 사람의 순한 지혜여……. 속으로 옛사람을 칭송하며 아욱을 북북 문질러 씻자니 떠오르는 시가 있다. 사실 아욱을 씻을 때마다 매번 생각하는 시다.

아욱을 치대어 빨다가 문득 내가 묻는다
몸속에 이토록 챙챙한 거품의 씨앗을 가진
시푸른 아욱의 육즙 때문에

— 엄마, 오르가슴 느껴본 적 있어?
— 오, 가슴이 뭐냐?
아욱을 빨다가 내 가슴이 활짝 벌어진다
언제부터 아욱을 씨 뿌려 길러 먹기 시작했는지 알 수 없지만
— 으응, 그거! 그, 오, 가슴!
자글자글한 늙은 여자 아욱꽃빛 스민 연분홍으로 웃으시고◇

어머니와 싱크대에 나란히 서서 요리를 해본 일은 없지만, 상상 속에선 몇 번이고 반복한 일이다. 늙은 어머니와 젊은 딸이 아욱국을 끓이는 가을 아침. 열린 창문으로 새소리가 들리고 선선한 바람이 부엌을 휘저어놓는다. 머리카락이 "시푸른" 딸과 머리카락이 희푸른 어머니가 이마를 맞대고 도마와 냄비 앞에서 두런두런 이야기를 나누는 풍

◇ 김선우, 「아욱국」 부분, 『내 몸속에 잠든 이 누구신가』, 문학과지성사, 2007.

경. 좀처럼 숨이 죽지 않는 아욱의 거센 푸름을 치대다 딸은 엄마에게 오르가슴을 아느냐 묻고, 그걸 "오, 가슴!"으로 들은 어머니의 귀는 순해서 푸르고! 물소리에 씻겨나가는 건 무얼까. 젊음이 지닌 푸른 독, 비릿한 열기일지 모르겠다.

싱크대 앞에서 이런 장면을 상상한다. 영화의 한 장면으로 본 듯, 머릿속에서 여러 번 재생한 풍경이다. 아욱을 끓이는 아침을 백번 더 맞이한다 해도 나는 백번 이 풍경을, 이 시를 떠올릴 테다. 상상 속 모녀 사이에 끼어서 도마를 빌리고, 가을을 빌려 아욱을 씻을 테다. 오, 가슴. 오, 가슴! 탄식할 가슴이 내게 얼마나 남았나 가늠하며 눈 코 입을 푸르게 적실 테다.

푸른 태를 빼놓은 아욱을 먹기 좋게 숭덩숭덩 잘라 멸치 육수가 끓는 냄비에 넣고 된장을 푼다. 뿌옇게 풀어지는 된장을 보니 생각나는 사람이 있다. 현재가 따분하거나 미래가 아득하게 느껴질 땐 자꾸 옛날을 불러낸다. 담벼락에 서서 옛 친구를 부르듯이, 턴테이블에 추억의 레코드판을 올리듯이 기억을 꺼내보는 거다. 옛날은 부르면 쉬이 오고, 눈 깜박이면 사라진다.

가는 사람. 그는 내게 늘 '가는 사람'이었다. 한자리에 있어도 어딘가로 가고 있는 듯 보이는 사람. 가는 일에 열중이라 붙잡을 수도 없는 사람. 어디 가세요, 물으면 깜짝 놀랄 게 분명해 묻지도 못하겠는 사람이었다. 나는 국간장과 소금을 들고 간을 보겠다며 옆에 선 남편에게 말한다.

"전에 이야기한 적 있나? 20년 전에 보습학원에서 같이 일했다던 사람. 나는 국어 선생님이고 그이는 영어 선생님이었다고 했잖아. 둘 다 이십대 중반이었고, 그이가 나보다 두세 살 많았을 거야. 키가 컸고, 활기차 보였는데도 어딘가 좀 어두웠어. 뭐랄까. 걸어가면서 의미심장한 이야기를 툭툭 내뱉는 타입이었지. 내가 하는 얘기, 별거 아닌 것 같지만 사실 다 별거야, 이렇게 말하는 사람 같았어. 좀 문학적인 데가 있었거든? 그이가 김소진 소설을 좋아해서 김소진의 작품과 죽음 이야기를 많이 했지, 같이 길을 걷는데도 혼자 가는 사람처럼 땅을 보고 걸었어."

자신을 한곳에 내버려두고 먼 곳을 다녀오는 사람들이 있다. 너무 멀리 갈 때는 불러 세우기도 하지만 그럴 때마다 놀라기 때문에 부르기가 두려운 사람. 그들은 내 앞에 자신을 앉혀놓고 자기를 찾으러 나선다. 이곳에 당신이 있어요, 말해줘도 믿지 못한다. 그는 언제나 자기보다 더 높은 곳에서, 혹은 더 낮은 곳에서 자신을 찾기 때문에 자기와 온전히 포개져 스스로인 적이 없는 사람이다. 가는 사람.

아욱국이 끓는 걸 바라보며 남편에게 조금 더 말한다. 그 여자, 체크무늬 남방을 입은 넓적한 등에 대해서. 고개를 숙이고 운동화를 바라본 채 내게 말 걸던 옆모습, 걷다가 편의점에 들러 음료수를 마시던 일, 길에 대고 얘기하듯 빠르게 중얼거리던 목소리에 대해 말한다. 그때 우린 아무것도 아니었다. 지금도 뭐 대단한 게 되어 있진 않지만 그땐 더 가난하고 가볍고 쓸쓸해서 (결과적으로) 맑았다. 난 시와 소설을 습작하던 대학생이었고, 그는 대학 졸업 후 학원강사를 하며 시나리오작가를 꿈꾸는 청년이었다. 우리는 중학생들의 '돌아오는 시험기간'을 증오했다. 학생들만 시험을 싫어하는 게 아니란 걸, 선생님도 학생들만큼 시험을 싫어한다는 걸 그때 알았다. 시험을 대비해야 하기에 우리는 주말에도 출근해야 했다. 시험은 끝나도 자꾸 돌아와서 우리를 시험에 들게 했다.

"그이는 아버지를 싫어한다고 했어. 아주 오랫동안 정치판을 기웃거렸지만 무엇도 되지 못한 사람이었다고. 늦은 밤에 퇴근하면서 그런 얘기를 들려줬거든. 지하철역으로 걸어가면서 말하는 거지. 그이가 한 말 중에 잊을 수 없는 얘기가 있어. 어느 날 그이의 남동생이 라면을 끓여서 들고 가다 라면을 엎은 거야. 그런데 남동생이 바닥에 쏟은

라면을 바라보더니 냄비에 주워 담더래. 주워 담은 라면을 먹더래. 울면서 꾸역꾸역, 끝까지 다 먹더래."

아욱국에 대파를 썰어 넣으며 생각했다. 말의 무력함에 대해서. 남편에게 아무리 설명하려 해도 그이가 본 풍경을, 내게 말해주려 한 그날 밤 공기를 온전히 설명할 수 없었다. 물론 나도 그들의 사연과 심정을 다 헤아릴 순 없었다. 그저 쏟아진 라면을 주워 먹는 동생을 바라보는 누나의 심정을 헤아려보면, 내 몸 어딘가에서 풍기던 풋내가 씻기는 기분이 될 뿐이다. "언젠가 그날 일을 꼭 시나리오에 쓸 거예요." 그이가 한 말 때문에, 나는 20년 가까이 기다린다. 영화를 볼 때마다 혹시 이 시나리오를 그이가 썼을까, 엎지른 라면을 꾸역꾸역 먹는 장면이 나올까 기다린다. 아직도.

지금은 그의 이름도 잊었다. 일하다 짧게 만난 사람이고, 사적인 시간을 길게 나눈 적도 없었다. 그러나 오늘처럼 아욱국을 끓이는 가을 아침이면 이상하게도 "오, 가슴!"이란 시구와 함께 쏟은 라면을 먹는 사람의 마음을 떠올려보게 되는 것이다.

그는 지금도 여전히 '가는 사람'일까.

가는 사람은 가버린 사람이 아니라 가고 있는 사람이다. 멈추지 않고 어딘가로 움직이고 있는 사람. 풋내 가득하던 여름도 아주 가버린 건 아니다. 가을을 두고, 어딘가를 향해 가고 있는 중이리라. 계절은 다른 계절을 침범하지 않은 채 차곡차곡, 자기만의 길을 찾아간다.

수저를 들어 부드럽게 풀어진 아욱국을 먹어야겠다. 영화를 볼 땐 기다림을 포기하지 않겠다. 가을 내내 "오, 가슴!"을 품고 걷겠다.

나의 첫 책 이야기

당신은 태어난 날을 기억하는가? 그 아수라장, 비릿한 공기, 젖은 시트, 허공에서 펄럭이는 몸과 몸, 치열한 혈투 끝의 탄생! 낳으려는 사람에게도 태어나려는 사람에게도 그 이미지는 충격적이라 아득하게 느껴진다.

첫 책을 쓸 무렵 나는 어떤 글을 쓰고 있는지도 모른 채 종이 위를 뛰어다녔다. 먹이를 사냥해 삼키고, 밤을 기다려 숲을 헤매는 짐승처럼 바빴다. 부끄러움도 몰랐다. 동물은 사냥하거나 방어할 때 외엔 밖을 의식하지 않는다. 있는 그대로의 자신을 받아들이고 그 충만함으로 하루를 산다. 첫 책을 쓸 무렵 나도 그랬다. 내 목소리를 받아들이고, 어떤 백지든 겁 없이 뛰어들었다. 물론 지금은 그렇지 않다. 나는 진화했다. 아쉽게도. 이제는 종이 위에서 뛰는 대신 걸어 다니고 자주 힐끔거리며, 안경을 쓴다.

쓰는 자는 누구나 '짐승의 계절'을 겪는다. 그다음에야 '첫'을 가질 수 있다. 첫 책엔 이런 게 들어 있다. 두 번은 가질 수 없는 열정, 선부름, 용감함, 이빨, 두려움, 무심함, 무색함, 치욕, 질주, 어림, 치기, 유치, 불사조, 깨진 무릎, 누더기, 왕관, 흐린 무지개, 진눈깨비, 허기, 울부짖음, 그리고 작가의 미래.

첫 책은 눈 감은 상태에서 쓰여야 한다고 믿는다('감은 눈'이 아니라 '눈 감은' 상태인 게 중요하다). 내 두 번째 시집 '시인의 말'에 이런 문장이 나온다. "꽃은 자신이 왜 피는지 모른다./모르고 핀다." 첫 책은 모르고 핀 꽃이다. 처음이란 가속력의 바퀴를 달거나 '무지'라는 날개를 달고 태어나기 때문이다. 무지에 속력이 붙으면? 모른 채로 훨훨, 모르는 곳에 당도하게 된다. 몇 해는 지나봐야 도착한 곳이 어딘지 알 수 있다.

『속눈썹이 지르는 비명』은 내 첫 시집이다. 2007년 1월 25일에 나왔다. '모르고 핀 꽃'이다. 그땐 1년 내내 비명을 지르는 상태로 사느라(물론 상징적인 얘기다) 피곤했다. 비명을 그만 지르고 싶어서 제목을 "속눈썹이 지르는 비명"이라고 붙였다. 깜박이는 속눈썹 끝에 매달린 비명, 그게 내 생활이고 시였다. 출판사에 시집이 입고되었다고 해서 저자 증정본 스무 권을 직접 들고 온 게 기억난다. 가볍지도 무겁지도 않은 무게였다. 방에 앉아 내가 쓴 시집을 펼쳐보았다. 별 느낌이 없었다. 그때 나는 만 스물여섯의 애송이였고, 시집을 주고 싶은 사람을 꼽아보아도 채 스무 명이 되지 않았다. 첫 시집이 나오기까지 억지로 무얼 한 기억은 없다. 그저 공들여 비명을 지르고, 비명을 닦고, 비명을 퇴고했던 기억. 나는 비명으로 점철된 시간을 아끼고 돌보았다.

『소란』은 내 첫 산문집이다. 2014년 10월 31일에 나왔다. 이 또한 '모르고 핀 꽃'이었다. 그때까지(등단 10년 차) 난 시집 두 권을 출간한, 지금보단 덜 알려진 시인이었다. 당시엔 전업 작가로 살 생각도, 대단한 포부나 야망도 없었다. 임시직으로 손에 잡히는 아무 일이나 하며, 느린 속도로 시를 쓰며 살아가면 족하다고 생각했다. 그러던 중 산문집을 계약하게 되었고 나는 (감히!) 이태준의 『무서록』 같은 산문집 한 권을 낸 뒤 산문은 더 쓰지 않으리라 생각했다. 거만한 마음이 있어서가 아니라 기회가 또 올 줄 몰라서 그랬다. 나는 처음이자 마지막 콘서트를 여는 가수의 심정으로 '진짜 이야기'만 담고 싶었다. (단 한 권일 테니까!) 해야 하는 이야기, 하고 싶은 이야기, 할 수 없는 이야기들을 부끄러움도 모르고 썼다. (단 한 권일 테니까!)

쓸 때 중요한 건 글의 음색이다. 나는 글에서 여러 개의 목소리를 낼 수 있는데, 첫 산문집을 쓰기 위해 목소리를 다양하게 사용했다. 창가에서 슬픔을 읊조리는 나직한 목소리 하나, 의자 위에 오른 광대처럼 까부는 목소리 하나, 뉴스를 진행하는 듯 감정을 절제한 목소리 하나, 무엇도 상관하지 않고 솔직하게 말하는 어린아이 목소리 하나, 음률을 사용해 노래하듯 말하는 목소리 하나……. 이 목소리들이 나올 순서를 기다렸다가 내 몸에서 착착 나오는 기분을 느끼며 썼다. 잘생길 수도, 세련될 수도, 여유를 가질 수도 없는 글들, 눈 감은 상태로 전해지는 이야기들이 쌓였다. 쓰는 사람은 자기를 비우는 데 온 힘을 쏟는다. 다 비워냈을 땐 허기인지 슬픔인지 모를 감정을 들고 기진맥진하여 서 있는 사람. 목소리를 제대로 사용해 글을 쓰고 나면 깨끗한 슬픔이 온다. 그 기분은 참 좋다.

나는 누가 마감을 정해주지 않으면 한없이 늘어지는 성격이라 남편이 토지문화관박경리 작가가 설립한 창작 레지던시에 가서 마무리를 짓고 오는 게 어떠냐고 제안했다. 떠나는 날 그가 한석봉의 어머니처럼 말했다. "산문집을 다 끝내기 전엔 절대 돌아오지 마." 2014년 3월부터 5월까지, 그러니까 패딩을 입고 내려가서 얇은 옷을 걸치고 돌아올 때까지 강원도 원주에 머물며 『소란』의 초고를 썼다. 태어나서 다른 일을 하지 않고(어떤 아르바이트도!) 글만 써본 건 그때가 처음이었다. 단순한 편이라 믿기로 한 건 믿고, 하기로 한 건 하는 성격이다. 집으로 돌아가기 위해 한석봉처럼 우직하게 원고를 완성했다. 상경하는 걸음이 그렇게 가벼울 수가 없었다.

『소란』은 내 책들 중 독자의 사랑을 가장 많이 받은 책이다. 독자도, 출판사 대표도, 가족도, 심지어 쓴 나조차도 별 기대 없이 '모르고 태어난' 첫 책이다. 기대는 없었지만 쓸 때는 즐거웠다. 책상 앞에 단 한 명의 독자가 앉아 있다고 상상하고 그를 위해 썼다. 이야기를 그쪽으로 보내듯이, 목소리를 들려주듯이 쓰려고 노력했다. 교정지를 받고 퇴고하는 동안 "내가 썼는데 너무 재미있어! 몇 번을 읽어도 재미있는데?"라고 말해서 남편이 쯧쯧 혀를 찼다(하지만 재미있는 건 사실이었습니다!).

내 인생의 단 한 권의 산문집으로 남을 줄 알았던 책은 앞으로 쓰게 될 책들의 물꼬를 열어주었다. 무명에 가까운 시인이 쓴 글을 읽고, 독자들이 응원의 메시지를 보내고 입소문을 내주었다. 사람들이 "마치 내 이야기를 쓴 것 같왔다"라고 소감을 말해올 땐 놀랐다. 동일한 경험이 아니어도 솔직하게 쓴 내밀한 이야기는 보편성을 얻을 수 있다는 것을 깨달았다. 글의 힘과 독자의 힘, 절박한 마음(마지막 콘서트여!)이 지닌 기회를 비로소 믿을 수 있었다. 무명 작가에게 독자가 생긴다는 건 작가가 계속 성장하고 분발할 수 있는 에너지를, 귀한 기회를 얻게 된다는 의미다.

당신이 첫 책을 쓰고 싶다면 이것만 기억하시라. 스스로를 알아볼 것(자기 글의 음색!), 모르는 채 태어날 것.

> 책은 세상의 빛을 보기 전까지는, 태어나고 밖으로 나오기를 두려워하는 비정형의 무엇이에요. 우리 안에 간직된 채, 피로와 침묵과 느림과 고독을 한탄하는 존재라고 할까요. 하지만 일단 세상에 나오면 그 모든 것이 일거에, 사라져버리죠.◇

어떤 사람은 태어나기도 전에 세상을 지나치게 의식한다. 태어난 후에도 스스로를 알아보지 못하고 지나친다. 내 앞의 나, 그 앞의 나…… 수많은 자신이 일렬로 서 있어

◇ 마르그리트 뒤라스·레오폴디나 팔로타 델라 토레, 『뒤라스의 말』, 장소미 옮김, 마음산책, 2021, 80~81쪽.

도 알아보지 못한다. 남의 몸을 빌려 사는 듯, 그렇게 산다. 방법은 없다. 본인이 스스로를 알아봐야 한다. 이게 나구나, 이렇게 태어난 게 나구나, 받아들여야 한다.

첫 책이 어떤 얼굴로 태어나 어떻게 살아갈지는 누구도 모른다. 쓰는 사람은 모르는 채로 견디며 나아가야 한다. '어떤'이란 형상, 미리 알 수 없는 책의 얼굴, 그것은 쓰는 자가 끝까지 홀로 지고 가야 하는 무겁고도 빛나는 휘장이다.

고양이 발톱 깎기

당주를 입양한 뒤 가족과 친구들에게 자주 듣는 말이 있다. "너 좀 지나치다"란 말이다. 고양이에 대한 내 사랑과 관심, 애착 정도가 과하다는 거다. 그때마다 나는 눈을 동그랗게 뜨고, 토니 모리슨의 소설 문장을 인용해 대꾸한다.

> 사랑이 그런 거야. 그렇지 않으면 사랑이 아니지. 옅은 사랑은 사랑이 아니야.◇

'네 사랑은 너무 짙다'라고 비난하는 남자에게 주인공 여자가 하는 말이다. 백번 옳은 말이다. 세상은 온갖 것에

◇ 토니 모리슨, 『빌러비드』, 최인자 옮김, 문학동네, 2014, 272쪽.

'사랑'을 갖다 붙이지만 진짜 사랑은 드물고, 어렵고, 지나친 법이다. 그게 무엇이든 도를 벗어난 것, 선을 넘는 것, 마음 편할 날이 없는 게 사랑의 속성 아니던가. 내 고양이 당주는 하필 '지나침'이 전공인 집사를 만나서, 지극한 애정과 부담스러운 관심을 받으며 잘 지내고 있다.

당주가 오고 일상의 많은 부분이 바뀌었다. 팬데믹으로 집에만 머물며 야금야금 찐 살 3킬로그램 중 2킬로그램이 입양한 첫 주에 빠졌다. 당시엔 내가 살이 빠지고 있는지도 몰랐다. 배가 고프지도, 부르지도 않았다. 무언가를 먹을 생각이 들지 않았다. 아침잠이 많아 늦게 일어나던 내가 새벽 5시만 되면 눈이 떠졌다. 고양이가 잘 잤는지, 지금 어디에 있는지, 밤새 화장실은 잘 다녀왔는지 체크하느라 바빴다. 일이 산적해 있었지만 관심은 내내 고양이에게가 있었다. 나는 고양이가 우리 집에서 부디 잘 적응해주기만을 바라는 초보 집사였다. 고양이에 대해 아는 게 없었으므로 책을 사서 읽고, 유튜브를 찾아보며 공부했다. 돌아보니 나는 그때 '사랑에 빠진 자'의 전형이었다. 보고 있어도 보고 싶은, 아무리 마음을 주어도 더 주고 싶은 상태, 사랑이여!

사랑에 빠진 어리석은 자가 '고양이 기르기'를 배워가던 무렵, 내게 가장 난이도 높은 일은 고양이 발톱 깎기였다. 고양이는 산책을 하지 않으므로 발톱을 깎아줘야 하는데, 제때 깎아주지 않으면 발톱이 발바닥을 찔러 고통을 느낄 수 있다고 했다. 사랑에 빠진 나는 당주가 조금이라도 발이 불편해 보이면 무릎을 꿇고 앉아 안절부절못했다. "아프니? 어때? 괜찮은 거니?" 대답이 돌아올 리 없는 질문을 해대는 내게 당주는 앞발과 뒷발을 내어주지 않았다. 대개 고양이들이 그렇듯 당주 역시 발 만지는 걸 싫어했다.

어려울 줄은 알았다. 그러나 어려울수록 그 실체를 들여다봐야 한다. 발톱을 깎는 일 자체가 어려운가? 혈관을 피해 발톱 부분만 톡톡 깎아내면 그뿐인데? 어려운 건 겁먹은 나와 그런 나를 못 믿는 고양이, 내 두려움과 고양이의 두려움이었다. 우리의 부정적인 마음과 서로에 대한 불신을 해결하는 게 어렵지, 발톱을 자르는 일 자체가 어려운 게 아니었다. 이 사실을 깨닫는 데 며칠이 걸렸다. 당주의 발을 한번 잡아보고, 고양이용 발톱가위를 들었다 놨다 하면서 두려움 속을 헤맸다. 두려움은 알지 못함에서 기인한다. 두려움은 안개와 같다. 쉽게 퍼지고 덩치를 불리며 사람을 아득하게 만든다. 내가 자신 없는 태도로 가위를 발톱에 가져다 대니(떨면서!) 당주가 소스라치며 발을 뺐다. 싫다는 뜻이 분명한 소리를 냈다. 이러지 마. 네가 뭘 한다고 야단이니. 날 다치게 할 셈이야? 고양이는 다양한 음조로 마음을 표현하는 소리를 낸다. 마치 오페라처럼 들리기도 한다.

고양이 발톱 깎는 영상을 검색해서 반복해 보았다. SNS를 통해 선배 집사들의 조언을 모았다. 고양이를 무릎에 앉히거나 뒤에서 끌어안듯 다가가 재빨리 깎으라는 이야기, 2인 1조로 한 사람은 고양이를 잡고 다른 사람이 재빨리 깎으라는 이야기, 한바탕 난리가 날 것을 각오하라는 이야기, 집사가 겁을 먹으면 귀신같이 알아채므로 담대하게 행동하라는 이야기 등이 있었다. 이 중에서 마지막 이야기에 뜨끔했다. 내 속을 들켰기 때문이다. 나는 발톱을 자르다 당주의 혈관을 다치게 할까 봐 겁이 났다. 발톱만 자르는 일로 통증이 생기지 않으리란 걸 알고 있었지만 고양이의 발톱을 깎아본 일이 없는 탓이었다. 당주가 몸부림치다 나를 할퀴거나 물 수도 있다고 생각하니 더 겁이 났다.

남편에게 당주의 목을 (너무 세지는 않게) 잡고 있으라고 한 다음 발톱가위를 들었다. 여러 번 실패한 끝에 왼쪽 발톱 두 개를 깨알만큼 자르는 데 성공했다. 당주는 아파하지도, 물거나 할퀴지도 않았다. 그저 싫다고 야옹거릴 뿐이었다. 당주는 순했다. 용기가 생겼다. 이미 두 번의 (깨알만큼의 크기지만) 성공을 맛보았지 않은가.

며칠이 지났다. 일인용 소파를 당주와 반씩 나눠 앉은 채 오전 시간을 보내고 있었다. 당주는 내 곁에서 골골송을 부르다 잠들었고 나는 원고를 쓰거나 메일을 보냈다. 틈틈이 당주에게 사랑한다고 말해주었다. 어느 순간 당주는 완전히 이완한 상태로 사지를 늘어뜨린 채 잠들어 있었다. 이때를 놓치면 안 된다! 남편에게 내 방으로 발톱가위를 조용히 가져다 달라고 문자를 보냈다. 자리에서 일어나면 당주가 깰까 봐 움직일 수 없었다.

결심했다. 나는 당주 엄마이자 집사다. 고양이의 건강을 돌봐야 한다. 당주가 나를 할퀴거나 물면? 그게 뭐 얼마나 아프겠는가. 당주가 내 결연한 의지를 눈치챘는지 자다 깨서 그루밍을 하고 있었다. 당주가 오른발을 그루밍할 때 왼쪽 앞발을 살짝 들어 올린 뒤 자연스럽게 발톱을 깎았다. 순식간에 성공! 당주는 나를 한번 바라보더니 왼쪽 앞발을 거두고는 아무 일 없었다는 듯 다시 그루밍을 했다. 나는 다시 태연하게 오른쪽 앞발을 잡았다. 조금 찡찡거리며 싫은 티를 내는 당주, 그렇지만 최대한 느긋한 목소리로 "잠깐만, 기다려봐"라고 말하며 발톱을 마저 깎았다. 심장은 뛰었지만 태연한 척했다. 이런 식으로 뒷발도 하나씩 잡은 뒤 톡톡톡, 발톱 깎기에 성공했다.

내가 담대하고 여유를 가진 척하자 당주는 순순히 참아주었다. 결국 태도인가? 겁을 먹지 않아야 하는 일인가? 당주에게 믿음을 주기 위해선 스스로를 믿고, 느긋하며 단호한 '집사 마음'을 갖고 다가가야 한다. 당주는 조금 어리둥절한 기색일 뿐 얌전하게 받아들였다.

마음이 마음을 안다. 내 자신감 없음을 저쪽에서 알게 되면 같이 불안해진다. 내가 고양이를 믿으면 고양이도 나를 믿는다. 사람도 마찬가지이지 않을까? 고양이를 제압해서 억지로 발톱을 깎을 수도 있겠지만 그게 우리 방식은 아닌 것 같다. 당주는 제압하려 할수록 온몸을 비틀며 필사적으로 빠져나가려 하니까. 둘 다 이완된 상태일 때 톡톡, 태연하게 움직이기. 요새도 나는 당주가 잠이 들었거나 비몽사몽일 때 발톱을 깎는다. 무리하지 않는다. 오늘 다 못 깎으면 내일 깎으면 된다. 자연스러운 것만큼 안전한 건 없다.

통제와 억지를 싫어하는 고양이를 보며 생각한다. 내가 힘으로 널 잡는다 해도 네가 잡히겠니. 너는 바람처럼 잡을 수 없는 고양이인걸. 누군들 마음을 억지로 잡을 수 있을까. 당주가 온 뒤로 나는 매일 자란다. 당주의 발톱이 자라는 속도만큼 천천히, 그리고 꾸준히.

예술을 가질 수 있어?

선배가 노석미 화가의 전시회에 데려갔다. 흰 벽에 그림들이 착착 걸려 있고, 천장에 달린 조명이 그림을 비추고 있었다. 전시관은 텅 빔으로 빛났다. 최소한의 고급 가구만 둔 집이 여백으로 빛나듯이, 고요하고 격조 있는 장소였다. 격조란 간소함을 표방할 때 드러나는 것일지도 모른다. 진짜 좋은 것 몇 가지만 툭툭, 곁에 두는 삶. 잡동사니로 가득 찬 내 방을 떠올리면, 지나치게 많은 책 속에 묻혀 정작 필요한 책을 못 찾아 도서관으로 달려가는 생활을 떠올리면 그런 생각이 든다.

눈 쌓인 산과 도로를 그린 연작 앞에 서니 6월인데도 겨울의 적막 같은 게 느껴졌다. 그림을 보는 일은 늘 즐겁다.

그림이 '말 없는 말'이기 때문이다. 나처럼 말로 쌓고 벌리고 이루어야 하는 직업을 가진 사람에게 그림이나 춤, 음악은 경애하는 분야다. 바보 같은 생각일지 모르지만 이따금 나는 언어 없이 시를 쓰고 싶다. 언어 없이 생각하고 언어 없이 이야기를 꾸리고 언어 없이 책을 쓰고 싶다. 언어는 직접적이고 유용한 표현 수단이지만, 그 때문에 한계를 가진다. 미술작품은 이미지와 형상만으로 의미를 확장하거나 의미 너머로 월담할 수 있다. 쉽고 고요하며 순식간에 다른 세계로 갈 수 있다.

"원작에는 그 그림에 대한 어떠한 정보를 통해서도 느낄 수 없는 침묵과 고요함"이 있다고 존 버거가 말했던가. 침묵과 고요함은 '진짜'가 갖고 태어나는 위엄이다. 행동(그리기)을 마친 화가에게서 분리되어, 독자적으로 존재하게 된 작품에 찍힌 마침표다. 전시관의 그림 앞에 설 때면 떨림과 공손함과 기대가 같이 선다. 아마도 전시관에 걸릴 수 있는 그림의 자격, 화가의 실력, 예술적 가치, 시장가격 따위가 짐작되어 관람자의 기분과 자세를 만드는 것일 테다.

노석미 화가가 그림을 바라보는 우리의 뒷모습을 스마트폰으로 찍어서 보여주었다. 모르는 사이에 찍힌 우리의 뒷모습은 돋아난 섬처럼, 따로따로 골똘해 보였다. 약속이나 한 듯 뒷짐을 지고(뒷짐은 그림 앞에서 본능적으로 나오는 자세,

'이제부터 진지하게 보겠습니다' 하는 마음이 갖추는 예의다) 상체를 살짝 기울인 듯한 모습이었다. 전시관에서 보는 그림은 '작품'이 된다. 그게 진짜이고 하나뿐이며 높은 확률로 비쌀 것이기 때문이다. 일상에서 보는 그림은 작품이라기보다 인테리어 요소로 기능한다. 복제품일 확률이 높고(아닐 수도 있지만), 작품을 위한 공간(전시관)이 아닌 생활공간을 돋보이게 하는 용도로 쓰이기 때문이다.

> 그 방은 예배당과 비슷하다. 그 소묘는 방탄 유리장 안에 놓여 있다. 그것은 새로운 종류의 감동을 주는 것처럼 보이게 되었는데, 이는 그 이미지가 보여주는 것, 그 이미지가 지닌 의미 때문이 아니다. 그 작품이 감동적이고 신비스러워진 것은 시장가격 때문이다.◇

레오나르도 다빈치의 〈성 안나와 성모와 아기 예수와 세례 요한〉의 소묘는 원래 학자들만 알고 있던, 알려지지 않은 그림이었는데 어느 날 유명해졌다. 존 버거는 한 미국인이 250만 파운드에 그것을 사려고 하자 갑자기 작품이 유명해졌다며 그 이유를 높아진 그림값에서 찾았다. 전시관

◇ 존 버거, 『다른 방식으로 보기』, 최민 옮김, 열화당, 2012, 29쪽.

에 서서 혼자 그림 가격을 생각하고 있는데, 그림을 보던 선배가 한 그림을 무척 마음에 들어 했다. 미술에 조예가 깊고 집에 진귀한 작품들을 가지고 있는 선배는 화가와 이야기를 나누더니 데스크로 걸어갔다. 나는 관람자가 마음에 드는 그림을 구입하는 현장을 목격했다. 전시관에서 그림이 팔리는 줄이야 알았지만(사실 팔기 위해 전시를 하는 거지만) 이렇게 가까이에서 구매 현장을 보게 될 줄이야! 그림을 구입하면 전시관에서 바로 떼어 가져갈 것 같지만 아니었다. 데스크로 가서 주소와 인적 사항을 적은 뒤 결제를 하고 전시관을 나가면 되었다. 간단했다. 나는 선배를 향해 외쳤다.

"이것이 소비의 궁극, 쇼핑의 최고봉이네요!"

전시관 데스크 앞에서 촌스럽게 호들갑을 떨었다. 예술을 사고팔며 소유할 수 있다는 걸 알고는 있었지만 정말로는 몰랐던 것 같다. 예술을 가져보지 못했다기보다는 직접 소비한 경험이 없던 거다. 예술을 가져본 경험이야 차고 넘친다. 어떤 작품을 열렬히 좋아해 그걸(복제품이나 책에 실린 그림일지라도) 온전히 향유하는 일이 예술을 가지는 일 아닌가?

쓸쓸했던 어느 밤, 친구네 집에 갔다가 식탁 위에 펼쳐진 노석미 작가의 화집을 보았다. 친구는 나를 위해 일부러 펼쳐놓았다며 미소를 지었다. 화집은 식탁 위의 미니 이젤에 세워져 있어 더 근사해 보였다. 그날 밤 우리는 화집 구석구석을 느리게 거닐며 와인을 마셨다. 웃거나 울먹이고, 수다를 떨었다. 어떤 그림에선 오래 머물고 어떤 그림은 가벼이 스쳐 지나가며 화집 속의 그림을 천천히 보았다. 원본을 걸어둔 집에도, 화집으로 그림을 간직한 집에도 예술은 존재한다. 예술은 소유의 개념이 아니라 존재의 개념으로 이해해야 한다. 누가 작품을 진정으로 소유할 수 있단 말인가? 〈모나리자〉를 그린 레오나르도 다빈치도 〈모나리자〉를 소유했다고 볼 순 없다. 그림은 화가의 것이 아니다. 시가 시인의 것이 아니듯이. 예술은 곳곳에 넘쳐난다. 공중화장실 문짝에도, 이발소 벽에도, 내 방에도, 박물관에도, 전시회장에도, 지하철에도, 백화점에도, 누군가의 다이어리나 책 표지에도 예술은 있다.

내게 그림은 표현이다. 마음의 분출, 피의 흐름, 궁극의 상상이 고인 캔버스다. 이십대 때 내가 가장 좋아했던 화가는 에곤 실레다. 그때 그의 그림을 실컷 누렸다. 그가 캔버스에 감전된 듯한 인간 모습을 '뾰족뾰족' 세워두는 게 좋았다. 그의 그림에서 인간은 비석처럼 서 있다. 깡마른 채 본질뿐이고, 언제라도 타인에게 옮겨 붙어 전류를 흐르게 할 수 있는 존재. 내가 쓰는 시와 그의 그림이 통하는 데가 있다고 생각했다. 그가 꿰뚫어 본 세상을 이쪽에서 응시하는 일이 흡족했다. 그때 내 방은 에곤 실레로 가득했다. 진품을 곁에 두고도 배추나 무 보듯 무감하게 지낼 수 있고, 가품을 두고도 그걸 그린 화가보다 더 절절하게 느끼고 소통할 수 있다. 그렇지 않은가?

오래전부터 귀족이나 자산가 들이 예술가를 후원하고 작품을 구매해온 건 그렇게 해서 예술가나 작품을 소유할 수 있다고 믿었기 때문이다. 글쎄, 그건 '사랑을 가졌다'는 말처럼 어리석게 들린다. 세상엔 존재하지만 소유 불가능한 것들이 있다. 잠깐잠깐 내 안에 간직할 수 있을 뿐 가질 수는 없다. 누군가 그림에서 돈을 본다면, 돈의 미래만 본다면 그건 그냥 고가품일 뿐이다. 수십 년 전, 화가와 문인 간의 교류가 활발하던 때 월간 〈현대문학〉의 표지로 김환기, 박고석, 장욱진의 그림을 자주 사용했다고 한다(지금도 〈현대문학〉은 미술작품을 표지로 쓴다). 스캐너나 복사기가 없었을 때니 화가들은 그림 원본을 소액만 받고 보내줬다. 지금의 값으로 따지면 그게 얼마인지, 아니 쉽게 이루어질 일인지 상상이 안 되지만 그런 시절이 있었다. 괜히 마음이 간질간질하고 더워진다. 값 이전에 가치를 주고받던 때의 순수한 마음이여.

가끔 상상한다. 시도 그림처럼 한 편씩만 존재해 누군가에게 팔린다면? 초상화처럼 '한 사람을 위한 시', 초상시詩라는 명목으로 내게 주문이 들어온다면? 재밌겠다. 그렇다면 "본인의 잠자는 사진 열 장, 창문 앞에 선 뒷모습 열 장을 보내주시오. 그 스무 장을 보고 또 보며 근사한 시 한 편을 써드리겠소" 하고 말해야지. 그렇게 태어난 시는 누구의 소유일까? 원고료는 얼마를 받아야 한담? 이런 쓸데없는 상상을 진지하게, 아주 진지하게 하며 먼 산을 바라보게 된다.

'나'라는 안식처

단골로 다니는 동네 미용실 사장님이 한 달 동안 문을 닫고 쉬겠노라 선언했다. 한 달이면 금방이지, 하고 고개를 끄덕이다 정신이 번쩍 들었다. 한 달? 문을 닫아? 동네 미용실이? 이유를 물으니 이런 대답이 돌아왔다.

"20년 동안 한 번을 제대로 쉰 적이 없거든요. 도저히 못 버티겠다 생각한 게 5년 전인데, 여태까지 끌고 온 거예요. 좀 쉬고 싶어요."

사장님은 한 달 동안 절에 머물며 몸과 마음을 돌볼 예정이라고 했다. 자신은 내성적인 성격이라 손님에게 말을 걸며 응대하는 일이 쉽지 않았단다. 손님이 손질한 머리를 마음에 들어 하지 않을까 봐 노심초사한 세월도 길다 했다. 나는 미장원에 작은 텔레비전을 한 대 놓는 게 어떠냐고 제안했다. 가볍게 볼 수 있는 예능프로그램을 틀어놓으면, 내성적인 사장님이 끙끙대며 손님을 응대하지 않아도 될 것 같았다. 미장원에서 머리 손질만 제대로 하면 됐지, 뭘 더 바란단 말인가.

번아웃은 '나 아닌 상태'로 무언가를 이루려 오랫동안 애쓸 때 일어난다. 누군가 내게 노력을 요구할 때 거부감이 드는 건 외부에서 요구하는 노력이 나를 상하게 할 위험을 품고 있기 때문이다. 살면서 노력하지 않은 건 아니다. 무언가를 잘하기 위해, 사랑을 받기 위해, 얻고 넘고 오르기 위해 노력했다. 스스로 원해서 하는 노력은 나에게 성취감을 주고(물론 좌절감도 주지만) 삶의 의욕을 갖게 한다. 반면 남에게 보이기 위한 노력, 남들을 따라서 하는 노력은 나를 지운다. 이러한 노력은 인생을 무겁게 만든다. 의무감으로 살게 하고 삶을 버텨야 할 시간으로 느끼게 한다.

나는 오랫동안 하기 싫은 일을 덜 하기 위해 필사적으로 노력했다. 나를 지키기 위한 노력이었다. 회사에 취직하고 그만둔 뒤 다시 들어가기를 수없이 반복했다. 누군가는 내게 인내심이, 사회성이, 투지가 부족하다고 했다. 맞는 말이다. 그때 나는 인내심도 사회성도 투지도 부족했을지 모른다. 그렇지만 내가 무엇을 원하는지 알고 있었다. 나는 '나'를 잃고 싶지 않았다. 부조리한 사회시스템에 끼어 함부로 나를 굴리다 타성에 젖은, 비루한 영혼을 갖게 될까 봐 두려웠다(이쯤에서 웃으시라. 나는 진지했고, 지나치게 진지한 사람은 언제나 우스꽝스러운 법이니까). 내가 바라는 건 하나였다. 내 영혼이 내 몸과 하나가 되게 해주세요! 하고 싶은 일과 해야 하는 일이 일치하지 않더라도, 간극이 지나친 나머지 정신에 때가 끼지 않게 해주세요. 부디 '나'로 살게 해주세요. 일을 마치고 집에 돌아오면 연필을 쥐고 시를 쓸 수 있을 만큼만, 딱 그만큼만 '살아 있게' 해주세요. 나는 발버둥 쳤다. 계약직으로 떠돌며 늘 가난하고 불안했지만 나를 잃지 않는 데 성공했다. 결국 원하는 대로 쓰는 사람이 되었다.

나는 젊고 미숙한 부모를 위해 태어난 게 아니고, 나무나 태양을 위해서 태어나지도 않았다. 조국과 민족을 위해서는 더욱 아니고 물푸레나무나 민들레처럼 어쩌다, 그냥 그렇게 태어났을 게다. 내가 태어났다고 꽹과리를 치며 즐거워한 사람도 없었고, 키울 수 없으니 내다 버리자고 모의한 사람도 없었다. 나는 세상에 돋아나 자랐고 머물렀다. 사람은 변할 수 있지만 본성은 변하지 않는다. 본성이란 '본디부터 가진 성질'인데 갖고 태어난 걸 어떻게 버릴 수 있겠는가. 우리는 모두 스스로 '자연'이다. 자기 본성에 맞는 삶을 살도록 태어난 자라는 얘기다.

어른들은 언제나 미래를 위해 현재의 즐거움을 희생해야 한다고 말했다. 나중에 잘살려면, 커서 돈을 많이 벌려면, 늙어서 편하게 지내려면……. 어른들은 현재의 작은 행복을 미래라는 큰 이름의 저금통에 모아두라고 가르쳤다. 지금의 행복을 쓰지 않고 저금하면, 미래에 더 큰 행복을 한꺼번에 맞이할 수 있을 거라 했다. 지금 자지 않고 공부하면, 지금 놀지 않고 일하면, 지금 하고 싶은 걸 참고 하기 싫은 것들을 해내면 더 큰 행복이 올 거라고 했다. 과연 그 커다란 행복은 우리 앞에 도착했는가?

지금 행복하지 않은 사람이 어느 날 갑자기 행복할 가능성은 없다. 행복은 체험이다. 많이 겪어본 사람이 더 자주, 쉽게 겪을 수 있다. 유년에 저금해둔 행복을 한꺼번에 찾아 즐겁게 누리는 어른을 본 적이 없다. 참고 또 참은 아이는 욕구불만과 만성 스트레스에 시달리는 어른으로 자랄 뿐이다. 게다가 어른이 되어서도 해야 할 저금은 끝나지 않는다. 미래의 행복을 위해 스펙을 쌓고, 미래의 행복을 위해 종잣돈을 모으고, 미래의 행복을 위해 적금을 붓고, 미래의 행복을 위해 재테크에 뛰어들며, 미래의 행복을 위해 대출을 받아 집을 사고, 미래의 행복을 위해 불합리한 일과 고된 노동을 참아야 한다. 나중이란 시간은 도착하면

멀어진다. 미래는 언제나 미래로 존재한다. 즐거움을 포기하는 게 만성이 되면 인생은 서바이벌이 된다. 살아남기. 나중을 위해 다만 살아남기.

생각해본 적이 있다. 우리는 왜 일확천금을 꿈꾸는가? 로또를 사는 사람들, 주식이 올라 한꺼번에 큰 수익을 얻을 수 있길 바라는 사람들, 장래 희망이 건물주라는 사람들은 어쩌면 한탕주의자가 아닐지도 모른다. 그들은 다만 바라는 거다. 돈을 넘치게 가져 더 이상 '나 아닌 나'로 살지 않아도 되기를, 그냥 '나'로 살 수 있기를! 엄청난 돈을 갖게 된다면 뭘 하고 싶으냐고 물었을 때 새로운 일을 도모하거나 큰 사업을 벌이겠다고 답하는 사람은 의외로 드물다. 대부분은 여행을 하고, 먹고 싶은 것을 먹고, 사고 싶은 것을 사며 여유롭게 살고 싶다고 답한다. 그러니 우리의 꿈은 엄청난 부자가 아니라 '나로 살기'일지 모른다. 나 아닌 나로 살 위험에서 벗어나기. 싫은 일을 덜 하고 불안감에 떨지 않으며 안전한 환경에서 나로 살기. 내 생김 그대로 살기.

그런데 정말, 나로 살기 위해 일확천금이 필요한 걸까?

타인에 의해 인생을 침범당하지 않고, 평상심을 유지하며 살아가는 데 정말 필요한 건 뭘까? 물론 돈이 있어야겠지만 꼭 돈에 관련한 문제는 아니고, 용기가 필요한 일이지만 목숨을 담보로 해야 할 정도의 용기는 아닐 게다. 자신이 원하는 게 무엇인지 아는 사람은 자신을 잃지 않는다. 나다움? 그건 내가 무엇을 좋아하고 싫어하는지 정확히 알고, 그에 맞춰 행동할 때 나타나는 것이 아닐까?

아침에 일어나서 내가 눈치를 봐야 할 사람은 나다. 내 인생이 내 마음에 들지 않을 때 우리는 흔들린다. 나는 무얼 원하지? 어디에 있고 싶지? 내가 정말 바라는 것을 위해 노력해야 한다. 내 노력을 내가 결정하기. 당신이 아니라 날 위해 노력하기. 싸울 가치가 있을 땐 싸우기. 끊임없이 나로부터 떠나 다시 나로 돌아오기.

> 떠난다는 것은 결국 자기 자신에게로, 자기 자신의 현실 속으로 되돌아오기 위한 것이다. 끝과 시작처럼 떠난다는 것과 되돌아온다는 것은 하나이다. 자기 자신으로부터 떠남으로써 자기 자신에게로 되돌아오는 것이다.◇

'나'는 스스로에게 가장 편한 안식처가 되어야 한다. 나 아닌 다른 곳에 발을 디디고 있으면서 삶이 안온하길 바랄

◇ 최승자, 『한 게으른 시인의 이야기』, 난다, 2021, 59쪽.

순 없다. 지금 있는 곳이 내내 불편하다고 느낀다면 우선 떠나야 한다. 나로부터 떠나야 나에게로 돌아올 수 있다.

구름은 균형을 몰라도 아름답다

욘나는 축복이라 할 만한 재능을 지녀서, 매일 아침 새로운 삶을 시작하듯이 잠에서 깨어날 수 있었다. 아직 사용하지 않은, 지극히 순수한 새 삶이 저녁까지 펼쳐져 있었다. 전날의 걱정과 실패가 그림자를 드리우는 일은 드물었다.◇

소설 『페어플레이』의 시작 부분이다. 나는 이 세 문장을 읽고 책을 덮었다. 심장이 뛰어서 더 읽을 수 없었다(나는 느린 독서를 지향하는데 느린 독서란 책을 읽다 말고 생각을 공책이나 창문 근처로 보내 자주 서성이게 하는 독서다. 열렬히는 아니고

◇ 토베 얀손, 『페어플레이』, 안미란 옮김, 민음사, 2021, 15쪽.

뒷마당을 거닐듯이 하는 생각, 토마토처럼 붉고 탱탱한 사유를 이리저리 부풀려보는 일. 이게 내가 독서를 멈추는 이유이자 독서를 하는 이유다).

다시 돌아가보자. "아직 사용하지 않은, 지극히 순수한 새 삶이 저녁까지 펼쳐져" 있음을 인식하며 맞이하는 아침은 어떤 아침인가? 그 아침은 누구에게 주어지는가? 이런 아침이 특별한 누군가에게만 주어지는 거라면 기자들이 그를 찾아 인터뷰하려 들 텐데, 그렇지 않다는 걸 우리는 알고 있다. 이런 아침은 마음의 일이지 소유나 권리의 일이 아니다. 누구나 매일 아침을 처음 맞이하는 아침처럼 느낄 수 있다. 다만 "축복이라 할 만한 재능"을 지닌 자의 아침은 조금 특별하다.

이런 아침을 알고 있다. 뜯긴 적 없는 시간을 봉지째 받아 든 사람처럼 깨어난 아침. 창문을 열어 그날의 햇빛을 느끼고, 지나가는 사람들을 향해 미소를 지으며 시작하는 아침. 화분에 물을 주며 "무럭무럭 자라라" 하고 주문을 걸며 시작하는 아침. 콧노래를 부르며 갓 구운 빵을 사러 가는 아침. 알긴 아는데 좀 오래되었다. 이런 아침을 맞이한 게 언제였더라? 우리는 이런 아침을 어느 순간부터 잃고, 잊고, 놓치게 된다. 수없이 잃어버리고 되찾기를 반복하다 결국 이런 것이 인생이라고 생각하며 늙는다.

나는 매일을 갱신하는 기분으로 살며, 언제나 새로움을 추구하는 사람은 아니다. 내게는 하루에 꼭 이루어야 할 지상 과제도 없고, 엄격한 루틴이나 규율도 없다. 전업 작가이기에 내 삶은 수많은 원고 마감일로 채워져 있지만 바깥에서 보는 나는 태평하게 보일지도 모른다. 마감일을 며칠 넘기는 일도 잦은데(편집자 여러분 죄송합니다) 동동거리거나 예민하게 촉을 세워 성질을 부리지도 않는다. 사실 혼자서는 꼼꼼히 스트레스를 받지만 겉으로는 태연함을 유지한다. 결국 숱한 우여곡절을 지나서 원고를 차곡차곡 쌓아 송고할 나를 믿기 때문이다. 동동거린다고 달라질 게 없으므로 태평한 척을 한다. 태평한 척은 진지한 연기로 이어지고, 연기를 하다 보면 정말 태평함을 갖게 되기도 한다. 원고는 여유를 머금은 채 짠 하고 태어난다(쉽지 않다!). 지금은 안다. 이게 내 생김, 내가 살아가는 태도라는 것을. 나는 무리하지 않고 느긋하게, 하지만 정성을 들여 그곳(고지!)으로 가는 타입이다. 얼마 전에는 일기장에 호기롭게 이런 문장을 쓰기도 했다.

나는 당신보다 더 잘 쓰거나 더 못 쓸 의향이 없다. 나는 딱 나만큼 쓸 것이다.

살면서 남과 나를 비교하지 않으려 한다. 창작하는 사람은 누구보다 잘하고 못할 수가 없다. 딱 자기만큼(정확히는 자기 안목과 성실함만큼) 할 수 있다. 그렇다면 내가 연연해야 할 건 나, 내 삶, 내 생각이다. 너, 네 삶, 네 생각은 다른 차원에서 생각할 문제다.

친구들과 서로의 '다름'에 대해 이야기한 적이 있다. 얘기하다 보니 우리의 다름이 바라는 일의 다름이라기보다 바라는 일을 향해가는 '여정의 다름'임을 알았다. 가족의 건강, 개인의 성취, 매일의 평안, 행복 추구……. 바라는 바는 비슷했다. 그러나 거기까지 가기 위해 각자 다른 방식, 다른 태도를 추구했다. A는 매사에 준비를 완벽히 해 위험요소를 최대한 줄이는 데 힘을 기울였다. B는 아침부터 밤까지 시간을 분 단위로 쪼개 계획한 일을 처리하며 낭비하는 시간을 줄이는 데 애를 썼다. C는 과정이야 어떻든 하루의 목표로 삼은 일을 해냈는지 못 해냈는지 결과를 중시한다고 했다. 나는 하루를 정신없이 바쁘게 보내고 나면 '잘못 살고 있다'는 생각으로 뒤척이는 타입이라고 고백했다. 나 역시 해야 할 일, 하고 싶은 일, 발간해야 할 책들에 대한 계획으로 야망을 품고 사는 사람이지만, 일을 처리하는 과정에 빈 시간(여백)을 많이 확보하려고 애를 쓴다. 아무 일도 하지 않고 느긋하게 시간을 보내는 걸 못 견디는 B와 나는 정반대의 성향을 가지고 있는 거다. 그에겐 나처럼 설렁설렁 살아가는 일이 허송세월인 듯 보일 테지만 나는 또 비어 있어야 채울 수 있다고 믿는 사람이다. 이렇게 다르다니! 사실 나는 먼 산을 바라보며 '허허, 오늘 날씨 한번 쾌청하구나' 하는 생각으로 두 시간을 보낼 수도 있다. 인생의 많은 부분이 그런 것처럼 정답은 없다.

나는 바다로 흐르는 강물처럼 자유롭게, 바람의 추동으로 나아가고 싶다.

냇물아 흘러 흘러 어디로 가니
강물 따라 가고 싶어 강으로 간다
강물아 흘러 흘러 어디로 가니
넓은 세상 보고 싶어 바다로 간다

스무 해 전에 한 어른이 사람들이 모인 저녁 자리에서 〈시냇물〉이란 동요를 부른 적 있다. 낮은 음정으로 아주 천천히 부르는 노래를 듣고 눈물이 핑 돌아 혼났다. 잘 아는 노래가 새삼 마음을 후벼 팠다. 그 노래에 진실 한 줌이 들어 있어서였다. 냇물이 흘러 강으로 가려는 속성, 강물이 흘러 바다로 가려는 속성에는 치우침이나 비틀린 노력이 없다. 무얼 하고 싶은 마음, 어떻게 살고 싶다는 마음은 자연스레 태어나도록 이끄는 게 좋다.

눈 뜨면 제일 먼저 화장실로 가 오줌을 누고, 기지개를 켜며 냉장고 야채 박스에서 사과를 꺼내 싱크대 앞에 선다. 사과의 둥근 형태를 고루 문질러(기분 좋은 일) 닦고, 껍질째 네 토막을 낸다. 따뜻한 물 한 잔과 사과를 오물오물 씹고 마신다. 이 일은 내가 유일하게 지키는 삶의 루틴이다. 기상 후 반자동으로 하는 일이다. 만약 사과가 똑 떨어져 먹지 못하게 되는 날에는 당황한다. 사과 한 알은 하루의 시작을 알리는 둥근 신호탄인데 신호탄 없이 시작해야 하는 날은 영 께름칙한 것이다. 그 외의 루틴은 없다. 일주일에 두 번 취미로 발레를 하지만 레슨일이 바뀌기도 하고, 학원 사정상 휴강할 때가 더러 있기에 루틴이라고 할 순 없다. 사실을 말하자면 나는 모든 규칙과 규율을 싫어하는 타입이다. 재미는 불균형과 불규칙에서 온다고 생각한다. 글쓰기가 반복적인 일 같지만 천만의 말씀! 글쓰기는 매일 다른 걸 보고 다른 걸 생각하며 다른 걸 쓰는 일이다.

재밌고 신선한 일이 일어났으면 좋겠다. 어느 하루는 구름을 발견하며 아침을 시작해 구름을 보내며 밤을 맞이하고 싶다. 구름은 균형을 몰라도 아름답다. 각자의 속도로 흐르다 사라진다. 의무와 책임과 걱정에서 놓여나 창작할 수 있다면 좋겠다. 낭비하는 삶(그게 뭐든!)을 두려워하지 않고 싶다. 낭비 이후에 오는 건 가난함인데, 그 가난한 마음이란 예술과 닿아 있어 이게 참 괜찮다. 버려지고 떨어지고 실패한 다음, 그다음에야 갖게 되는 게 있다.

어느 하루는 나태함이란 가운을 입고, 모든 것으로부터 벗어난 상태를 느끼며 휘청휘청 걷고 싶다. 뜬구름처럼, 완벽한 하루일 게 틀림없다.

연두의 노력

오늘 당신은 얼굴이 없습니다. 눈 코 입을 수면 아래에 숨기고 피부호흡을 합니다. 당신은 감정이 없습니다. 없는 듯 보입니다. 마음을 작게 접어 호주머니에 넣었습니다. 마음은 타래처럼 얽히고설킵니다. 당신은 그것을 꺼내보려 하지 않습니다. 손을 잊습니다. 세상이 당신 손 밖에서 휩쓸려 오고 휩쓸려 간다고 생각합니다. 커다란 일도 작은 일도 당신에겐 똑같이 느껴집니다. 삶을 이루는 크고 작은 일들의 세목을 분류할 능력을, 그리고 기운을 잃었습니다. 당신은 스스로 잡아먹혔다는 걸 알아채지 못합니다. 죽은 채로 살아 있습니다. 고래 배 속으로 들어간 피노키오처럼 컴컴한 메아리로 가득한 공간이 세상이라 생각합니다. 당신, 어떻게 된 건가요?

당신은 우울하다고 말합니다. '우울'이란 단어엔 우물 같은 이응이 두 개나 들어 있군요. 우울의 우물은 좁고 깊습니다. 누구나 빠질 수 있고 습관적으로 빠지거나, 들어가면 나오기 싫어하는 자도 있습니다. 우울한 사람은 무엇도 하고 싶지 않습니다. 문을 닫고 눕지요. 누워서 무언가를 기다립니다. 그 무엇이란 (심각할 때 말이지만) '죽음'을 가리키기도 합니다. 우울한 사람은 죽음을 생각하지만 실행할 힘이 모자랍니다. 누가 저에게 우울이 뭔지 한마디로 말해보라 하면 모든 면에서 힘이 모자란 상태라 답하겠습니다. 우울한 사람은 시들어 있습니다. 빛, 흙, 물을 앞에 두고도 양분으로 삼지 못하는 식물과 같은 상태이지요. 사계절을 겨울나무로 살아야 하는 힘없는 존재. 돌아누우면 베개 위로 눈물이 후드득 떨어지는 것. 도망치고 싶은 매일의 낮과 밤을 사는 것입니다.

남편은 어린 시절 부모님이 바쁘셔서 외조모에게 맡겨져 자랐다고 하더군요. 그는 우울에 대해 이렇게 얘기합니다.

어린애는 외조모의 슬하에서 자라나며 그런 젊은 부부의
사정을 다 헤아릴 수 없었으니, 슬픔이 크고 그 슬픔은
자주 엷은 분노로 바뀌었다. 그 분노를 얇게 펴면 우울이

된다는 사실은 어른이 되어 깨닫는다.◇

이 표현에 깜짝 놀랐습니다. 정확해서요. 그러니까 우울은 슬픔을 두드려 얇게 펼친 것, 엷은 분노, 슬픔보다 진하진 않지만 광활하고 끝을 알 수 없는 무엇이겠지요. 누가 슬픔보다 우울을 가볍다 할 수 있겠어요? 바닷물에서만 사람이 죽는 건 아니지요. 사람은 강물, 냇물, 접시 물에서도 익사할 수 있습니다. 펼쳐진 슬픔, 얕은 깊이를 존중하고 들여다보아야 하는 까닭이지요.

우울증을 앓는 자는 삶을 움직이는 태엽이 끊어진 자입니다. 태엽이 끊어졌으니 감아보려 노력해도 겉돌 뿐 몸체와 연결되어야 할 끈(동력)이 잡히지 않는 사람이겠지요. 무언가 줄줄 새는 기분을 수시로 겪는 일, 얼마나 힘이 들까요? 우울증을 심각하게 앓진 않았지만, 저도 여러 가지 문제가 있었습니다. 이십대 땐 항불안제를 처방받아 먹어야 할 정도였어요. 잦은 발작과 과호흡으로 곤란했습니다. 저는 여러 가지 문제를 가진 사람이었고 해결하려고 노력했습니다. 책을 읽고 상담을 받고 약을 먹고 일기를 쓰면서 스스로를 관찰했습니다. 그러므로 저는 심각한 우울증

◇ 박연준 · 장석주, 『우리는 서로 조심하라고 말하며 걸었다』, 난다, 2015, 178쪽.

에 걸린 적이 없다는 게 확실하네요. 제가 아는 바로 우울증은 무기력, 그 자체이기 때문입니다.

아버지는 알코올의존증과 우울증으로 힘들어하다 돌아가셨습니다. 저는 알코올의존증에 관한 책을 여러 권 읽었어요. 읽고 또 찾아 읽었습니다. 사랑한다는 건 그에 대해 '알고 싶다'는 거잖아요. 만약 아버지를 덜 사랑했다면 저는 미간을 찡그리며 이런 말을 뱉고 넘겼을지도 모릅니다. "징그러운 인간. 참 답 없지." 누구라도 알코올의존증 환자 곁에서 몇 년(혹은 몇 달)을 살아보면 지구 끝까지 도망가고 싶어질 거예요. 알코올의존증 환자는 삶에서 도망가는 사람인데, 도망가는 와중에 "살려주세요. 살려주세요!" 요란하게 외치며 도망가는 사람이거든요. "죽고 싶은데 살려주세요. 간절히 죽고 싶고 또 간절히 살고 싶습니다." 이렇게 말하는 사람이지요. 술을 끊으면 간단하겠지만 그게 어렵습니다. 심각한 알코올의존증 환자는 종일 취해 있으면서 흔들리는 몸을 숨기려 합니다. 술을, 술을 찾는 정신을, 자기 삶을, 몸과 얼굴, 영혼을 숨기려 하죠. 자신을 아주 작게 접어 공중에 환원시키고 싶어 하는 듯 보입니다. 심각한 알코올의존증 환자는 술 외에는 무엇도 생각하지 못합니다. 술에서 깰까 봐 두려워하지요. 술을 구할 수 없을지도 모른다는 공포, 술 때문에 폐쇄병동에 '또' 갇히게 되리라는 절망, 퇴원 후 몇 달(운이 좋으면) 유령처럼 지낸 다음 이 모든 게 다시 반복되리라는 예감.

마르그리트 뒤라스는 이렇게 말했습니다.

> 나는 알코올의존자였다. 고로 술을 마셨다. (…) 나는 진짜다. 내가 진짜 작가가 맞는 것처럼 나는 진짜 알코올의존자였다. 나는 자려고 레드와인을 마셨다. 밤이 깊으면 코냑을 마셨다. 매시간 와인을 마셨고 아침에는 커피 다음에 코냑을 마신 뒤 글을 썼다. 돌이켜보면 그런데도 글을 쓸 수 있었다는 게 놀라울 따름이다.◇

어느 날 아버지가 그러더군요. "의사 선생님이 그러는데 내가 우울증이래. 우울해서 내가 이러는 건가 봐." 그때 제가 아버지 손을 잡으며 마음이 힘들어서 그런 걸 어쩌겠느냐고, 기운이 없더라도 힘을 내보자고 말했다면 좋았을 텐데. 저는 이렇게 말했습니다. "누구나 그래. 인간은 누구나 괴롭고 우울해." 지금 저는 후회에 대해 말하려는 게 아닙니다. '불가능'이 나폴레옹 사전에 없다면 '후회'는 제 사전

◇ 올리비아 랭, 『이상한 날씨』, 이동교 옮김, 어크로스, 2021, 36쪽에서 재인용.

에 없습니다. 저는 후회하지 않아요. 그럴 만한 일이 그럴 만한 때에 그럴 만한 형식으로 일어났으리라 생각해요. 돌아간다 해도 인간은 비슷하게 살 거예요. 그렇지 않은가요?

하고 싶은 말은 이거예요.

이제 저는 여린 잎을 압니다. 알아봐요. 그것은 어린잎이 아니고 늙은 잎과도 다르죠. 그저 여린 잎입니다. 예민한 잎이죠. 4월의 바람에도 꺾일 수 있고 6월의 태양에도 불타 죽을 수 있는 잎이지요. 초록도 노랑도 아닌, 그 사이에 존재하는 연두를 가진 잎입니다. 세상을 머리에 이고 흔들흔들 버티는 잎. 아름다울 순 있지만 살아남을 수 있을지 확신할 수 없는 잎. 저는 이제 여린 잎을 알아요. 알 것 같아요. 여린 잎의 목적이 살아남는 거라면 글쎄요, 모르겠어요. 다만 여린 잎이 제 '연두'를 돌보며 순간에 존재하길 바랍니다. 존재할 수 있을 때까지는 살아가길 바라요. 시간이 흐른다 해서 모두가 사는 데 익숙해질 수 있는 건 아닐 거예요. 저 역시 시시때때로 연두가 됩니다.

당신이 오늘 우울하다면 이런 부탁을 하고 싶어요. 작아지세요. 아무도 눈치채지 못할 만큼 작고 작아져 사소함에 복무하세요. 우울할수록 스스로를 너그러이 봐주세요. 그날 하루 커피 한 잔 마시기, 깨끗이 얼굴 씻기, 공들여 한 끼 챙기기를 해내자고 자신을 설득하세요. 저는 삶이 어려울 때 연기를 합니다. 나는 우아하게 서서 창밖을 바라보는 역을 맡은 배우야. 그러니 창밖을 보자. 세상은 작고, 나는 그보다 더 작다. 설득하죠. 양치를 하면서 양치하는 연기를 해요. 글을 쓰면서 글 쓰는 연기를 합니다. 저절로 움직이는 게 어려울 때마다 작은 것들을 연기하다 보면 그게 삶이 되고, 삶은 연기가 되죠. 멀리서 바라보며 재미있는 스토리네, 하고 말할 수 있습니다. 누가 이 삶을, 이 스토리를 거짓이라 말할 수 있나요. 가짜 삶? 아니요. 연두의 노력, 그뿐입니다.

생각나요. 이십대의 어느 하루 〈스폰지밥〉이란 만화영화를 보겠다고 회사에 나가지 않았어요. 그날 저는 한 올의 힘도 남아 있지 않았고 죽고 싶었거든요. 죽고 싶은 와중에 우연히 〈스폰지밥〉을 보았고 그것을 보니 괜찮았어요. 종일 그것만 봤어요. 때때로 웃었지요. 만화를 계속 보고 싶어 회사에 전화했어요. 아프다고요. 누군가는 한심하다고 비난할 수 있겠지만 그 시간을 후회하지 않습니다. 그럴 만한 하루였거든요. 저녁이 되자 힘이 생겼고 저는 작은 사람으로서 작은 옷을 입고 작은 밥을 먹으며 작은 생활을 다시 시작할 수 있었습니다. 연두의 노력, 그뿐이지요.

보여도 될 것만 올립니다

동네에 개업하거나 폐업한 가게를 나만큼 기민하게 알아보고 기웃거리는 사람도 드물 게다. 나는 언제나 누가 어디에서 무얼 파는지 궁금해한다.

"물건은 결국 똥이 되거나 쓰레기가 돼."

이건 (나와 소비 성향이 참 안 맞는) 남편의 말이다. 내 대답은 이렇다.

"그야 그렇지만 내가 빵을 살 때 아이고 똥 (될 것) 사야지, 하며 빵을 사진 않잖아. 운동화를 살 때 곧 쓰레기가 될 신발 한 켤레 사볼까, 이러진 않는다고."

재활용이 안 되는 쓰레기나 온갖 새것으로 넘쳐나는 상황을 생각하면 죄책감이 들기는 한다. 핑계를 대자면 나는 그저 만물이 궁금한 소시민이고, 작고 귀여운 물건을 사고 파는 행위를 좋아하는 사람이며, 동네 상권을 두루 살피고 나라 경제를 위해 소비활동을 꾸준히 하는 사람일 뿐이다. 내가 과소비를 한다거나 사치품을 탐하는 인간이라고 오해하지 않았으면 좋겠다. 단순히 소비를 좋아하는 사람이라면 백화점이나 마트, 아울렛 같은 쇼핑센터를 자주 기웃거릴 텐데 그렇지 않다. 쇼핑센터에서는 오히려 소비 욕구가 사라진다. 소비를 소비하는 기분이랄까. 얼른 나오고 싶다. 그곳에서는 내가 물건을 고르는 주체가 아니라 진열된 상품의 하나가 된 것 같다. 팔리는 게 나인지 상품인지 모르겠는 심정으로 주눅이 든다.

내가 좋아하는 건 산책하다 마주치는 거리의 작은 가게들이다. 과일이나 속옷, 도넛 몇 개와 티셔츠 한 장을 산 뒤 가뿐하게 다시 길에 들어설 수 있는 가게들 말이다. 주인과 담소를 나누며 계산을 하고, 털레털레 집으로 걸어가는 과정이 좋다.

내가 가장 좋아하는 가게는 집에서 3분 거리에 있는 '식물도감'이란 이름의 가게였다. 리넨 행주나 수제 양말, 아로마 오일, 수제 도자기 컵과 도마, 커피 등을 팔았다. 외출하는 길에 들러 친구에게 줄 선물을 고르기에 좋아 자주 갔다. 구경하고 있으면 사장님이 곶감이나 방금 내린 커피를 건네기도 했다. 우리는 그곳에 서서 취향과 생활을 얘기했다. 깊은 얘기를 나눌 순 없어도 서로의 품을 짐작하기에 알맞은 시간이었다. 사장님의 사정으로 지난해 식물도감이 문을 닫았을 땐 진심으로 섭섭했다. 문 닫는 날, 사장님이 우리 집 현관 앞에 선물과 쪽지를 놓고 가셔서 눈물이 날 것 같았다.

팬데믹을 겪으며 생필품은 대부분 온라인 마켓에서 사게 되었다. 온라인으로 물건을 사면 편리한 점이 많다. 클릭 몇 번으로 필요한 물건, 필요하진 않지만 사고 싶은 물건, 궁금했던 물건, 직접 갈 순 없지만 유명한 가게에서 파는 물건까지 장바구니에 담을 수 있다. 눈치 보지 않고 상품 정보를 살피거나 가격 비교를 해가며 느긋하게 쇼핑할 수 있다. 오래 보고 사지 않아도 그만, 장바구니에 담아놓고 며칠 잊어버려도 뭐라고 하는 주인이 없다. 오늘 주문하면 다음 날 새벽 문 앞에 도착해 있다. 거의 마술에 가까운 편리함이다.

내 불만은 이런 데 있다. 이제 무언가를 발견하며 사는 기쁨이 사라졌다. 거리를 둘러보다 마음을 빼앗겨 구매하게 되는 '내 물건'이 드물어졌단 얘기다. 언젠가부터 스스로 발견한 물건을 사는 대신 노출된 물건을 산다. 인터넷으로 상품을 검색하고 또 검색해 원하는 형태, 사이즈, 특성을 가진 물건을 찾아내고 구입한다(발견과는 다르다). 시행착오는 없지만 면밀히 검색하고 시간을 들일수록 왜 이렇게 피로한지 모르겠다. 스마트폰으로 고양이 사료를 검색해 구입하면 이후 며칠 동안은 온갖 고양이 사료 광고가 뜬다. SNS에 접속해 스크롤을 내릴 때마다 두세 게시물에 한 번씩 광고 상품이 뜬다. 자, 지금 한번 들어가볼까? 접속한 지 30초도 되지 않아 SNS에 올라온 광고들은 다음과 같다.

"집사야, 나만 이거 없다!" 40퍼센트 할인을 해준다는 고양이 간식 광고.

"23SS 봄 신상. 지금 주문하시면 첫 주문 할인 10퍼센트!" 스카프 광고.

"Weekly Hot! 어느 옷과도 잘 어울리는 스트라이프 티셔츠예요." 티셔츠 광고.

"고양이 모래 1위! 역대급 가는 입자!" 고양이 모래 광고.

광고 문구를 받아 적는 중에도 스트라이프 티셔츠를 구경하겠다고 '더 보기'를 누른 나를 보라. 요새 스트라이프 티셔츠를 사고 싶어 검색을 했더니 이렇게 자꾸 (누군가가!)

보여준다. 사실 온라인 광고는 기가 막히다. 요즘 내 관심사, 사고 싶은 것, 원하는 것, 취향을 가족이나 친구보다 더 잘 안다. 어쩌면 나보다 나를 더 잘 알지도 모른다. 그러니 계속 들이미는 거다. 이거 어때요, 저거 어때요, 이걸 찾고 있나요. 편리하고 감사(?)한데 몹시 피로하다. 이 광고들은 내 의지와 상관없이 상품을 노출하며 필요에 의한 구매가 아닌, 미리 구매하기를 종용한다. 무서운 건 이 사실을 다 알면서도 넘어가는 소비자로서의 내 모습이다.

SNS가 생활화되면서 사람들은 인생도 광고해야 할 무엇으로 생각한다. 우리가 어떤 집에 살고, 어떤 책을 읽고, 어떤 것을 먹고, 어떤 친구를 사귀며, 어떤 옷을 입고, 어떤 성취를 이루는지 보여주고 나눌 필요를 느낀다. 보여주기 위해선 편집이 필수다. 나빠 보이는 것은 없애고 좋아 보이는 것은 과장하며, 생활을 씻겨 노출한다. 언젠가 몇몇 사람이 내 SNS를 보고 '부러운 삶'이라고 말해 놀란 적이 있다. 독자뿐 아니라 작가들까지 그렇게 말한 적이 있어 당황했다(직접 살아보라. 쉬운 삶, 근사하기만 한 삶이 있을까?). SNS를 그만두고 싶을 때도 있지만 전업 작가로 살며 책을 홍보해야 할 필요를 느껴 그만두기도 어렵다. 오해를 줄이기 위해 계정 프로필에 이 문장을 써놓은 적도 있다.

보여도 될 것만 올립니다.

SNS 계정에 신간 소식이나 즐거운 한때, 귀여운 고양이 사진은 올리지만 창작의 괴로움을 올리진 않는다. 그런 걸 올리는 사람도 있겠지만 나는 아니다. 요리사가 요리의 어려움을 토로하거나 운동선수가 연습할 때의 고통을 내내 하소연한다면 얼마나 꼴 보기 싫을 것인가. 멋져 보이고 싶어서가 아니라 징징대는 건 프로페셔널한 정신이 아니라 생각해 올리지 않는다.

우리 삶은 대체로 너저분하게 굴러간다. 누구나 일상의 구질구질함과 밥벌이의 고단함, 인간관계의 불편함, 미래를 걱정하는 마음을 안고 산다. 그런 건 보이지 않거나 재미나게 포장되어 미디어에 노출된다(리얼리티 예능프로그램을 보라). 중요한 건 보이는 게 다 진실은 아니라는 점이다.

언제부터인가 우리는 '사는 삶'이 아닌 '보는 삶'을 살고 있다. 남이 먹는 모습을 보고, 남이 아이 키우는 것을 보고, 남이 여행하는 것을 보고, 남이 혼자 사는 풍경을 보고, 남이 부부 생활을 하다 싸우고 화해하는 것까지 본다. 낄낄 웃다 소름이 끼칠 때가 있다. 이것은 남의 삶이다! 건너다보는 삶 말고 진짜 삶은 어디에 있을까? 친구들을 만

나는 건 정작 1년에 한두 번인데, SNS를 통해 늘 보니까 그들을 다 아는 것만 같다. 그들의 생활, 상황, 현재 마음을 안다고 착각한다. 바다에 관한 영화 한 편을 봤다고 바닷속을 다 안다고 착각하는 일과 무엇이 다를까. 몸의 병은 겉에서 볼 수 없다. 타인의 삶은 여러 겹으로 포장되어 있다. 안이 어떤 상태인지 아무도 모른다.

이제 누구도 우연에 기대지 않는다. 우연에 깃든 낭만성을 무시한다. 가끔 아무 곳에나 내려 (검색 없이!) 며칠간 헤매는 여행을 하고 싶다. 아무 정보 없이 헤매다 발견하는 우연들, 진짜 삶을 살고 싶다. 누군가 간 곳, 누군가 먹은 음식, 누군가 묵은 곳, 누군가의 발자취를 좇아 하는 여행은 피로하다. 다 남이 떠먹여주는 삶이다.

며칠 전 책 만드는 선배가 한 말이 떠오른다.

"이제 좋은 책을 만들어도 턱밑까지 가져다 떠먹여주지 않으면 팔리지 않아."

홍보하지 않으면 팔리지 않는 책들. 애걸해야 들여다봐주는 좋은 책들. 이제 우연히 서점에 들러 온라인에 노출된 적 없는 보물 같은 책을 발굴(?)해 집으로 뛰어가는 경험은 하기 어려울까. 포기하고 싶지 않다.

가장 좋은 건 언제나 우연히 왔다.

나무는 푸르렀고,
그저 나무였다

몇 해 전 베를린으로 여행을 갔다. 인천국제공항에서 베를린까지 비행기를 갈아타며(검색대에서 시간을 끌어 하마터면 비행기를 놓칠 뻔했다) 밤늦게 호텔에 도착했다. 한 도시에서 오래 머물며 느긋하게 보내는 여행을 계획했기에 숙소를 고르는 데 공을 들였다. 며칠 동안 검색해 괜찮아 보이는 호텔을 다소 비싼 가격에 예약했다.

여름밤이고 베를린은 처음이었다. 기대를 많이 하면 낭패를 보게 되는 걸까. 내가 지불한 비용만큼 호텔이 훌륭하기를 바랐고, 상상한 것보다 현지 분위기가 좋기를 바랐지만 그렇지 않았다. 체크인을 하는 동안 호텔 직원들은 무뚝뚝했고 방에 들어서자마자 진동하는 악취에 코를 막아야 했다. 냄새의 원인은 화장실이었다. 술인지 오줌인지 모를 냄새가 화장실에서 시작해 방 안까지 가득 차 있었다. 뭔가 부당하다는 생각, 이런 걸 겪으려고 여기까지 온 게 아니라는 생각에 마음이 부글부글 끓었다. 남편도 실망한 듯 보였지만 말을 아꼈다. 호텔 프런트로 전화해 어설픈 영어로 'terrible(끔찍하다)'과 'bad smell(악취가 난다)'을 외치며 방을 바꿔달라고 요청했다. 직원은 방이 없으니 내일 빈방이 나오면 교체해주겠다고 약속했다. 우리는 방을 바꿀 심산으로 짐도 풀지 않은 채 잠들었다. 화장실 환풍기를 밤새 틀어두고, 방 창문은 열어둔 채 피곤에 절어 자는 잠이었다. 호텔 지하에 있는 클럽에서 쿵쿵 진동을 동반한 음악 소리가 창문 새로 들려왔다.

아침에 일어나니 다른 곳에 도착한 듯 기분이 좋았다. 진짜 베를린! 침구는 어젯밤보다 푹신하게 느껴졌고 밤새 환기를 시켜둔 덕에 악취도 사라졌다. 언제 나갔다 왔는지 뜨거운 커피와 도넛을 사 온 남편이 아침 식사를 차려두었다. 가장 놀라운 건 방의 창문이었다. 널따란 창문 한가득, 여명 속에서 흔들리는 나뭇잎의 푸름이 보였다. 초록으로 가득 찬 창문을 보며 소리치지 않을 수 없었다.

"이 방은 창문이 명물이네!"

커다란 나무 앞에 서니 간밤의 화가 녹아내리는 듯했다.

왜 그렇게 성을 냈는지 기억나지 않을 정도로 마음이 풀어졌다. 호텔 직원이 방을 바꿔주겠다고 연락했을 땐 변덕이 죽 끓는 여자처럼 정말 좋다고, 모든 게 완벽하다며 방을 바꾸지 않겠다고 했다. 왜 바꾸겠는가? 기댈 수 있는 '내 나무'가 창밖에 서 있는 방을 가졌는데! 방에 앉아 좋아하는 나무를 바라볼 수 있다는 것, 그것은 든든한 수호신을 곁에 둔 것과 마찬가지 효과를 준다.

베를린에서 여덟 날을 지내는 동안 내가 가장 좋아한 일은 '호텔 방에서 나무 바라보기'였다. 커다란 나무라 전체 모양을 볼 수 없고 '떼 지은 이파리의 합창'을 관람하듯 나뭇잎의 흔들림을 보는 일, 그게 전부였다. 어떤 나뭇잎은 춤추는 것 같고, 어떤 나뭇잎은 꾸벅꾸벅 조는 것 같고, 어떤 나뭇잎은 조잘조잘 떠드는 것 같았다.

얼마 전 선배 시인이 새로 나온 시집 표지 색을 두고 "요새(4월) 막 푸르러진 버드나무 색"과 똑 닮았다고 말하던 게 생각난다. 4월의 버드나무, 그 이파리 색은 참 예쁘다고. 버드나무는 사람 마음을 어느 쪽으로든 휘게 만드는 데가 있다. 똑바로 서 있는데도 마음이 휘청이는 것 같고, 누군가 고개를 수그린 채 우는 장면을 마주한 것 같기도 하고, 죽은 사람들이 우르르 몰려와 나뭇잎에 매달려 그네를 타는 것 같기도 하다. 한밤의 버드나무는 귀기 어리다. 혼자서 버드나무 근처를 걸을 때면 상상을 하게 된다. 버드나무가 긴 머리채로 나를 낚아챌 것 같고, 갑자기 이파리들로 내 몸을 덮을 것 같기도 하다. 한낮의 버드나무는 선녀 같다. 치렁한 드레스를 입고 한곳에 서서 바람을 맞는 여인 같다. 버드나무는 기다리는 사람에겐 그네가 되고, 생각하는 사람에겐 생각의 줄기가 되어준다. 4월에 피어나는 작은 버드나무 잎에는 마음을 연하게 무두질하는 힘이 있다. 작고 부드러운 이파리들이 경직된 마음을 무두질해 준다니 아이러니하지 않은가?

한곳에서 나무를 오래 바라보고 있으면 어리석은 생각은 작아지고 나쁜 마음은 잘려나간다. 비관적인 생각으로 어두웠던 내면에 고요가 차오른다. 이 글을 쓰고 있는 중에 버드나무 잎의 아름다움을 말한 선배가 메시지로 사진 두 장을 보내왔다. 꽃 핀 산수유나무와 꽃망울이 잔뜩 맺힌 벚나무 사진이다. 그는 며칠 전 '자연 친화적'이란 말이 얼마나 바보 같은 말이고, 인간 중심적인 말인지 꼬집었다. 자연을 대상으로 두고 말하는 자세를 비판했다. 그가 시 속으로 곱게 불러오는 자연은 설명되지 않는 자연이라 했다. 그냥 바라보거나 어깨를 나란히 해 옆에 머무를 수 있는 자연이라고.

겨울을 살아낸 나무들은 '봄의 명랑'을 옷으로 입고 외출한다. 이동이 아니라 율동을 추구하는 외출이다. 같은 자리에서 움직이기. 흔들리기. 피었다 지기. 나무의 율동엔 리듬이 있다. 하루가 다르게 꽃을 피우고 잎을 뾰족이 일으키는 나무의 힘엔 리듬이 있다. 딱딱한 껍질을 뚫고 솟아나는 작고 부드러운 것들이 연주하는 음악이여!

만개하기 전 꽃망울이 맺힌 벚나무를 열 걸음 떨어져서 본 적 있는가? 그때 벚나무는 간질간질, 분홍 재채기를 참고 있는 것처럼 보인다. 여기저기서 벚나무들이 본격적으로 재채기를 하기 시작한다면! 분홍을 밀어낸 흰빛이 화사하게 터져 나올 게다. 만개한 벚꽃은 너무 화사해서 오히려 사람을 슬프게 만든다. 떨어질 일을 염두에 두어서일까. 가장 좋은 것, 그다음은 쓸쓸함을 내 것으로 받아들이는 일이다. "사랑의 절정엔 살림이 없어." 선배는 말했다. 나는 꽃이 진 나무의 그다음, 지난한 살림을 생각한다. 잎이 나고 열매를 맺고 잎을 떨군 뒤, 영광이 사라진 자태를 그려본다. 꽃나무 앞에서 한숨을 쉬던 어른들의 마음, 벚꽃 한창일 때 세상을 떠난 할머니의 작은 등이 떠오른다.

나무는 단순하지 않다. 나무 안엔 단단함과 부드러움, 축축함과 건조함, 부동성과 유동성, 성장과 늙음, 화려함과 수수함, 고요함과 수선함, 크고 작음, 수평과 수직이 고루 들어 있다. 나무의 뿌리, 흙을 움켜쥔 손가락 같은 뿌리는 성장의 열쇠다. 나무는 뿌리를 이용해 흙을 움켜쥐고 물을 흡수하고 어둠 속에서 기지개를 켜며 성장한다. 이파리가 마음껏 흔들릴 수 있는 건 뿌리 덕분이다. 뿌리가 아래에서 튼튼하게 버티고 있기에 나뭇가지가 가벼이 흔들릴 수 있다.

힘들 때 마음대로 실컷 흔들릴 수조차 없는 건 내 마음의 뿌리를 믿지 못하기 때문일까? 가끔 그 창가에 다시 서고자 베를린에 가고 싶다. 그 호텔, 창문 가득히 내 나무가 일렁이던 방에 다시 가고 싶다. '살림'보다 '사랑'에 적을 두고 살던 때, 나는 책상에 앉아 무언가를 쓰다가 잠깐, 오래 걷고 돌아와 잠깐, 침대에 아무렇게나 누워서 잠깐 나무를 보았다. 나무의 이름 따위 궁금하지 않았다. 나무는 푸르렀고, 그저 나무였다.

내가 '자연'이라 부르는 것 중 가장 신중하고 무해하며 용맹하고 변하지 않으면서 날마다 새로운 건 나무다. 인간이 개입하지 않는 이상 나무는 처음 자리 잡은 곳을 떠나지 않는다. 죽더라도 그 자리에서 죽는다. 나무는 속임수가 없다. 까닭 없는 일을 만들지 않는다. 가끔 궁금하다. 나무도 이곳에서 벗어나 다른 데로 가고 싶을 때가 있을까? 가만히 앉아 이런저런 질문을 하는 내게 나무가 이파리를 흔들어 보인다. 마치 이런 말을 하는 것 같다.

'움직이지 않는 것처럼 보이지만 나는 한시도 가만히 있지 않아. 나는 늘 움직여. 매일 이곳을 떠나. 매일 다른 나무가 되고, 다른 세상을 본단다.'

바람이 불면 나뭇가지는 힘을 뺀 채 바람을 따라간다. 춤추는 이파리들. 나무는 자유다.

어른의 공부법

내가 스무 살 때 할머니는 전화로 이렇게 묻곤 했다.

"아가, 어떠냐. 글씨 공부는 잘되냐?"

나는 웃음을 터뜨리며 이렇게 말했다.

"할머니, 제가 글씨를 언제 깨쳤는데요. 글씨가 아니라 글이요! 글을 쓴다고요."

잘난 체 한 스푼을 곁들여 까불었다. 돌이켜 생각하면 부끄럽다. 글씨를 쓰는 일과 글 쓰는 일이 뭐 그렇게 다르다고. 이것과 저것을 구별하며, 내가 아는 세상은 얼마나 작고 쩨쩨했을까.

쓰는 사람으로 살면서 자주 막막하다. 글쓰기엔 왕도도 노하우도 없기 때문이다. 매번 어렵고 두렵다. 오랜 시간을 해도 단련은 되지만 숙련은 안 된다. '생활의 달인'처럼 척척 써내고 싶지만 어림없다. 백지보다 더 하얘진 얼굴로 썼다 지웠다 하며 골몰할 뿐이다. 글쓰기는 만만하지 않으므로 질릴 만한 성질의 것이 아니다. 그런데도 쓰는 행위에 질릴 때가 있다. 세상에 단 한마디도 보태고 싶지 않을 만큼 스스로 지쳤거나 내가 돌이킬 수 없을 만큼 자라버린 게 아닌가 의심이 들 때 그렇다. 여기서 방점은 '돌이킬 수 없을 만큼'에 찍혀야 한다.

나는 돌이키고 싶다. 아무도 찾을 수 없을 만큼 다시 작아지고 싶다. 그리하여 처음부터 '새로' 자라고 싶다. 새로 자라서 제대로 보고, 제대로 느끼고, 제대로 쓰고 싶은 마음이 든다. 대충, 아무렇게나, 웃자란 식물처럼! 내가 징그럽게 자라버린 게 아닌가 의심을 하고, 볼품없는 주제에 세상에 그럭저럭 적응한 모습이 뻔뻔하다고 느껴질 때 탄식이 흘러나온다. 이대로는 안 돼!

거울에 비친 나는 더 이상 신선하지 않다. 생물학적 늙음에 관한 얘기가 아니다. 늙는 게 몸만은 아니니까. 의식이 늙는 건 얼굴이나 몸이 늙는 것보다 사람을 더 무참하게 만든다. 의식이 늙은 사람은 '먼지 쌓인 책장'이 될 준비를 마친 사람이다. 아무도 꺼내보지 않는 책으로 가득 찬

책장. 우두커니 서서 먼지의 집이 되려는 사람. 어느 때는 내가 시간을 스푼으로 떠서 꽃밭에 뿌리며 걷는 게 아닐까 걱정한다. 거름도 될 수 없는 시간을 흘리며, 무지렁이처럼 서 있는 게 아닐까 조바심이 든다. 내가 가지 못한 장소, 만나지 못한 사람, 타지 못한 비행기, 놓친 약속, 떠나온 집, 끊긴 인연, 끝까지 읽지 못한 책……. 이것들이 버려지는 시간에 섞이고, 나는 불안하다.

불안은 달라지고 싶다는 열망이 담긴 씨앗이다. 속에 무엇이 들어 있을지 알 수 없는 캄캄한 씨앗. 불안은 내게 요구한다. 행동하길, 건조한 표피를 뚫고 돋아나길, 푸르러지길, 자라길, 타오르길, 사방으로 흩어지고 다시 하나로 모여 다른 나로 변하길. 성장은 이 캄캄한 씨앗(불안!)이 내면에서 싹튼 결과일 거라 믿으며, 나는 허기를 느낀다. 공부가 필요하다고 느낀다. 의무감으로 하는 공부가 아니라 자연스레 내게 스며드는 공부를 원한다. 어디에서 무엇을 채워야 꺼진 배가 부를 수 있을까. 불안은 어른을 공부하게 한다.

어른은 책상에서만 공부하지 않는다. 누워서도 공부하고 울면서도 공부한다. 아이를 혼내면서도 공부하고 장을 보면서도 공부한다. 결혼하거나 이혼하면서도 공부하고,

놀거나 일하면서도 공부한다. 어른의 공부는 시작도 끝도 없다. 진도가 쉬이 나가지 않으며 정답이 없다. 아이 때 쉬웠던 일도 어른이 되어서는 쉽지 않다. 뻔뻔하지 않은 어른, 수줍음을 잃지 않은 어른이 되기 위해서는 공부가 필요하다.

아이에게 공부는 해야 하는 것이자 주어진 것, 던져진 숙제다. 아이는 대체로 배워야 할 이유를 생각하지 않은 채 외우고 습득한다. (우리나라의 경우) 아이의 공부란 대체로 '시험을 잘 보기 위한' 공부다. 그렇지 않은가? 나는 입시 교육을 받는 내내 짐을 한가득 싣고 사막을 배회하는 나귀가 된 기분이 들었다.

어른의 공부는 아이의 공부보다 막막하지만 자유롭다. 스스로 선택할 수 있다. 무엇을 얼마나 공부할지 혹은 하지 않을지조차 자신이 결정할 수 있다(그러니 모든 어른이 공부를 하는 건 아니다). 어른의 공부에는 선생님이 없다. 있어도 없다. 어른은 아무에게나 '선생님'이란 호칭을 잘도 가져다 쓰지만 '진짜 내 선생님'을 갖기는 어렵다. 어른이 만나는 선생님은 어른에게 별 기대를 하지 않기에 어른을 외롭게 한다. 아이를 가르치는 선생님이 '책임'을 생각한다면, 어른을 가르치는 선생님은 '지속'을 생각한다. 어른의 공부는 지속이 관건이기 때문이다. 어른에게는 공부를 지속할 수 없는 온갖 이유가 생긴다. 어른은 공부를 쉽게 중단할 수 있다. 이렇게 하지 않으면 안 돼, 이렇게 해야 한다니까, 너 정말 나를 미치게 할 작정이구나! 스승에게 이런 말을 들을 수 있는 시기는 인간의 삶에서 짧다. 아주 짧다. 어른이 진짜 스승을 만나는 일은 어렵고, 어쩌면 그건 아이도 마찬가지일지 모른다.

어른은 스스로 가르치고 스스로 배워야 한다. 공부하는 어른은 혼자다. 혼자 다짐하고, 혼자 반복하며, 혼자 나아가야 한다. 홀로 도는 팽이처럼 고독하게 곤두서야 한다. 이때 타자는 '가르침을 주지 않는 선생님'이 되기도 한다.

공부하(려)는 어른은 낡지 않는다. 몸은 늙어도 눈은 빛난다. 공부를 내려놓은 어른은 눈빛부터 굳는다. 내가 아는 어른 중에 누군가 얘기하면 상체를 숙이고 귀를 기울여 듣는 이가 있다. 나는 그의 태도로 '귀를 기울이다'란 표현을 체감할 수 있었다. 남의 말을 듣고 공들여 밖을 보는 것이 공부라면, 그는 늘 공부하는 사람이었다. 어느 정도 지위에 오른 어른은 남의 말을 경청하지 않는다. 아쉬울 게 없고 바라는 게 없으며 타인의 삶에 관심이 없다. 타성에 젖어 사는 어른은 배움을 끝낸 사람이다. 스스로 부족하다고 생각하는 사람, 수시로 부끄러움을 느끼는 사람, 생명을 가진 것의 고통에 마음 쓰는 사람, 변화를 도모하는 사람만이 계속 공부한다. 그에겐 무엇이든지 공부가 된다. 다른 이의 말, 읽고 쓰고 생각하는 모든 시간, 새로운 것을 향해 질문하는 마음이 공부가 된다.

나는 삼십대 때 여러 권의 책을 썼는데, 이십대 때 내가 한 공부 덕에 쓸 수 있었다고 믿는다. 스마트폰이 없던 시절 미친 듯이 읽고 보고 살고 부딪치고 깨지고 깨달았다. 중요한 건 이 순서다. 읽고 보고 살고 부딪치고 깨지고 깨달은 뒤, 그다음 '쓰고 싶은 마음'이 씨앗처럼 생겨났다. 깨달음이라 해도 대단한 성찰은 아니다. 무언가를 볼 수 있는 '눈의 힘'과 쓸 수 있는 '손의 힘'이 생긴 것뿐이다. 이십대의 공부가 삼십대의 시간을 만들었다면, 사십대에 어떤 공부를 하느냐에 따라 오십대의 삶의 무늬가 결정될 것이다(무섭다!). 투명해지고 싶은 나와 진해지고 싶은 나, 이 사이에서 종종 싸운다. 둘 다 나다. 되고 싶은 나와 되기 쉬운 나 사이에서 균형 잡기, 요새 내가 열중하는 공부다. 어려운 건 언제나 되고 싶은 나다. 어떤 사람이 되고 싶은가. 어떻게 살고 싶은가. 이 질문이 계속 공부하게 한다.

바둑에선 스승이 내제자內弟子를 들여 함께 생활해도 바

둑의 수를 일일이 가르쳐주는 일은 드물다고 한다. 고작 한 해에 한두 번의 대국으로 가르침을 베풀 뿐이다. 내제자로 들어간 자는 스승의 어깨 너머에서 스스로 배우고 깨우쳐야 한다. 어른의 공부 역시 그런 게 아닐까. 세상의 내제자가 되어, 넘어지고 일어서고 깨치며 스스로 정진하기. 그러니 세상을 향해 답을 구하지 말아야 한다. 오직 스스로에게 물어야 한다. 어떻게 살아야 할지, 어떤 사람이 되고 싶은지. 쉽게 답을 찾고 싶지 않다. 세상에 숙련되고 싶지 않다. 단련할 수 있을 뿐. 더듬더듬 쓰고 천천히 생각해 보겠다.

눌린 돌, 작은 돌,
튕겨져 나간 돌

초등학교 1학년부터 고등학교 3학년까지 12년. 나는 '커다란 돌'에 눌린 돌, 작은 돌, 튕겨져 나간 돌멩이의 기분으로 살았다. 커다란 돌의 무게로 인해 내 인격과 자존감을 훼손당한 채 보낸 시간이 길었다. 작은 돌은 작은 돌이기에 쪼개지거나 부서지기도 어렵다. 작은 돌은 견뎌야 한다. 큰 돌이 될 때까지, 나를 누르고 있는 거대한 돌을 치우고 비켜서서 도망칠 수 있을 때까지 견뎌야 한다. 견디고 나서 할 수 있는 게 고작 도망이라니. 어쩔 수 없다. 자유나 인격, 그게 무엇이든 '좋은 것'은 성년이 되어야 가질 수 있으리라 믿었다(성년이 된 후에는 다른 종류의 큰 돌들이 나를 누를 수 있다는 것을 그땐 몰랐다). 문득 〈노예 12년〉이란 영화가 생각난다. 이 의식의 흐름은 과장이 맞지만 생각날 수도 있지 않은가? 하필 12년인데!

학교에선 안 되는 일이 수천 가지나 됐다. 그냥 다 안 됐다. 안 돼. 안 돼. 안 돼. 우리는 우스운 이야기를 만들어 웃었다. 안 되는 게 이토록 많은 것도 우습고, 행동하지 않고 가만히 앉아서(12년!) 시간을 흐르게 두는 것도 우습고, 공부를 못하는 것도 우습고, 혼나는 것도 우습고, 가슴이 커지는 것도 우습고, 떠들지 말아야 하는 것도 우스웠다.

안 된다는 말을 듣고 자란 아이들은 어른이 되어 뭘 시작하는 데 두려움을 갖는다. 그는 '망설이는 인간'이 된다. 새로 일을 시작할 때마다 늘 망설인다. 이런 말이 떠오르기 때문이다.

'잘되겠어? 하려면 아주 잘해야지, 못하느니 안 하는 게 낫지 않을까.'

당시 내 소원은 단순했다. '자유로운 돌이 되게 해주세요.' 부디 자유로이 펄펄 뒹구는 돌, 움직이는 돌이 되게 해주세요!

교육은 누군가를 통제해서 이룰 수 있는 일이 아니다. 교육을 받는 자는 모자란 사람이 아니라 성장하는 중인 사람이란 걸 교육자들은 알아야 한다. 학생을 채집통 안에서 파닥이는 곤충처럼 여기고 날거나 뛰지 못하게, 밖으로 나가지 못하도록 통제하는 일, 자유를 빼앗는 일은 그만둬야 한다. 현재 나는 글을 쓰는 사람으로 살고 있으니 창의력이 없다고 볼 순 없지만(기적 같은 일이다!) 만약 이런 식으로 통제하는 교육을 받지 않았다면? 지금보다 더 나은 창의력을 장착하고 문학계를 휘젓고 다니는 존재가 될 수 있지 않았을까, 상상해본다.

선생님들은 언제나 우리를 협박했다. 너희들 공부 안 하면 거지 될 게다, 장담하건대 이 교실에 앉은 애들 중 태반은 남의 들러리로 살 게다, 남자애들은 성적에 따라 아내의 얼굴이 달라질 게다, 이곳에서 서울대에 갈 애들은 정해져 있다, 어쩌고저쩌고……. 그 많은 폭언과 폭력과 협박! 다시 말하지만 나는 여덟 살부터 열아홉 살까지, 인생에서 가장 유연하여 어떤 것에든 영향받고 무엇이든 될 수 있는 가능성을 품은 시절을 이런 협박 속에서 보냈다. 그 시절을 무사히 지나와 이만큼이나마 자란 게 기적일지도 모른다.

열여덟 살, 자율학습 시간('자율'이란 개념을 모르는 자가 붙인 명칭이 분명하다)이었다. 뒤에 앉은 친구가 샤프심을 빌려 달라고 나를 툭툭 쳤다. 해는 한참 전에 졌다. 밤 10시까지 앉아 있으려니 피곤했다. 친구에게 샤프심을 주려고 뒤돌아본 순간 복도 창문에 매달려 잠복하던 수학 선생님이 외쳤다. "너 나와!" 우리말을 모르는 외국인이 들었다면 "빙고!"라고 외친 줄 알았을 게다. 그만큼 그의 목소리는 묘하게 신이 나 있었다. 기다리고 기다리다 한 놈 잡았다는 듯 그가 교실로 뛰어 들어왔다. 내가 엄청난 두께와 무게를 자랑하는 『수학의 정석』으로 머리통을 세게 맞았을 때, 목 길이가 5센티미터는 줄었다고 확신했을 때, 그때의 기분이 지금까지 생생하다. 두더지게임의 두더지가 된 듯, 영문도 모른 채 찌그러져야 하는 운명이 억울했다. 복도에 숨어 학생의 허튼 움직임을 하나라도 잡아내겠다고 벼르던 선생님은 잠복근무를 해야 하는 형사가 되는 편이 낫지 않았을까? 나는 그의 비겁함과 내 처지의 비루함, 모멸감, 부당함을 고루 생각했지만 아무 말도 하지 못했다. 줄어든 목 길이에 충격을 받은 채 더듬더듬 자리로 가 앉았다. 나중에 친구가 미안하다고 쓴 쪽지를 건넸지만 그 애가 무슨 잘못을 했단 말인가. 아내를 구하기 위해 저승에서 이승으로 오는 동안 뒤돌아보면 안 된다는 명령을 받은 오르페우스도 아닌데, 왜 나는 뒤돌아보아선 안 된단 말인가. 이 사건 후, 나는 두꺼운 책을 보면 목부터 움츠리는 버릇이 생겼고 그 트라우마를 극복하지 못해 벽돌처럼 두꺼운 책은 집필하지 못하게 되었다는 슬픈 전설이……(농담이다).

교실에서는 늘 나쁜 일이 많았다. 국어 선생님이 반항하는 눈빛으로 자신을 쳐다보았다며 한 아이를 발로 차 넘어뜨리고 밟고 또 밟은 일, 지리 선생님이 교탁 아래에 아이스크림 포장지를 떨어뜨린 학생을 찾아내어 머리통을 붙잡고 칠판에 여러 번 쿵쿵 부딪치게 한 일……. 요새 조폭 영화를 보면 비슷하게 볼 수 있는 폭력 장면들이 교실에서 종종 일어났다. 그런 걸 다 쓰자면 시간이 모자랄 게다.

좋은 교육은 미성숙한 아이가 성숙한 어른으로 자랄 때까지 생각하는 힘을 기르게 하고, 다양한 형태의 길을 찾아가도록 지도하는 일이어야 한다. 다른 존재를 섬기고 배움의 이유를 묻고 각자 다양한 답을 찾는 일, 가르치는 자와 배우는 자 모두에게 '인격'이 있음을 전제하는 일, 우월과 열등을 나누지 않고 선입견 없이 학생을 바라보는 일이 우선해야 한다. 물론 모든 아이가 페스탈로치스위스의 교육개혁가 아래에서 행복한 미래를 꿈꾸며 교육을 받을 순 없다. 현실에서 아이들은 '알아서' 살아남아야 한다. 그 시절의 우리처럼 스스로를 지키고 서로를 돌보며 살아남아야 한다. 조지 오웰이 학창 시절(무려 이튼 스쿨에 다닐 때)을 회고하며 쓴 「정말, 정말 좋았지」라는 산문에 이런 대목이 나온다.

이 모든 게 30년도 더 지난 일이다. 그렇다면 한 가지 질문. 지금 학교에 다니는 아이들도 같은 식의 경험을 할까?

정직한 답은 '우리는 확실히 모른다'뿐일 것이다. (…) 진짜 문제는 어린 학생이 어처구니없는 공포와 정신병적인 몰이해의 틈바구니에서 몇 해씩 생활하는 게 아직도 정상적인가 하는 것이다. 여기서 우리는 아이가 정말 어떻게 느끼고 생각하는지를 알기가 대단히 어렵다는 사실에 직면하게 된다.◇

조지 오웰은 1950년에 죽었고 1910년대에 학교를 다녔으니 저 글은 지금으로부터 백 년도 더 전의 교육을 말하고 있다. 그런데 백 년 뒤의 사람인 나는 여전히 그때와 똑같이, 이런 질문을 할 수밖에 없다.

"지금 학교에 다니는 아이들도 같은 식의 경험을 할까?"

물론 지금 아이들은 좀 다를 것이다. 그러나 우리는 "아이가 정말 어떻게 느끼고 생각하는지" 확실히 모른다는 걸 기억해야 한다.

자신이 눌린 돌이나 작은 돌, 튕겨져 나간 돌이 된 기분을 느끼는 아이들이 여전히 존재한다면, 혹 그들을 만나게

◇ 조지 오웰, 『나는 왜 쓰는가』, 이한중 옮김, 한겨레출판, 2010, 429~431쪽.

된다면 나는 우선 그들의 안부부터 물어볼 거다. 요새 기분이 어떤지, 몸과 마음은 어떤 상태인지, 그다음 이렇게 부탁할 거다.

기분이 좋은 일, 네가 행복해지는 일을 더 많이 찾아서 하렴. 어른들이 쓸데없다고 나무라는 일, 입시에 도움이 되지 않아도 재밌다고 생각하는 일을 많이 해보렴. 책상을 벗어나 걸어 다니렴. 어른들이 오랫동안 수갑처럼 채워놓은 죄의식을 풀어버리렴. '마땅히'라는 말을 바다에 던져버리렴. 걱정과 불안 때문에 현재를 달달 볶는 일은 그만두렴. 나아갈 때는 전진만 있는 게 아니란다. 지그재그로 춤추듯 깡충거리며 나아가도 되고, 멀리 돌아가도 괜찮아. 시간은 얼마든지 많단다. 후진했다 다시 나아가도 아무 일도 일어나지 않아. 부디 나처럼 걱정이 많은 어른이 되지 않았으면 좋겠구나.

"괜찮아, 정말 괜찮아."

내가 자라면서 충분히 듣지 못한 말을 해줄 것이다.

밤의 가장자리를 걷는 사람

나는 세상의 가장자리로만 걷는 사람들 곁에서 자랐다. 중심에서 꽃을 피우는 대신 변방에서 두 발로 흙을 다지며 걷고 또 걷는 사람들. 뭘 더 가지려 하지도 않고, 묵묵히 땅만 보고 걷는 사람. 그들을 무어라 부를 수 있을까?

내가 생각하는 그들은 '밤의 가장자리를 시침질하며 걷는 사람'이다. 누군가에겐 쓸모없어 보이는 행동을 공들여 하는 사람. 바깥에 있는 것을 가져와 사용하기보다 자기 안의 동력으로 생각을 움직이고 느린 걸음으로 상상하는 사람. 잡으면 잡히는 사람. 넘어뜨리면 넘어지는 사람. 가장자리에서 걷고 걸으며 중심부를 지우는 사람. 그러니까 맨 처음 하늘을 날아보겠다는 꿈을 가진 사람. 무모하다는 비난을 받으며, 비웃음과 손가락질을 등에 묻히고 걸어가는 사람. 아무도 눈여겨보지 않는 시를 쓴 뒤 잠자리에 드는 사람. 잘 굴러가는 세상을 '불편하게' 세운 뒤 이의를 제기하는 사람. "그래도 지구는 돈다"라고 중얼거리는 갈릴레오 갈릴레이. 나는 그들을 "밤의 하인"이라 명명한 뒤 이런 시를 쓴 적 있다.

그는 밤의 하인,

발자국을 손으로 쓸며 달리고 있었다

손바닥이 펄럭이다
나뭇잎과 섞이는 줄도 모르고

냇물에 지문이 풀어져
물에 지도가 생기는 줄도 모르고

바다의 단단함이 무너져
파랑이 가루가 될 때까지
가루마저 쓸며 달리고 있었다◇

◇ 박연준, 「자오선子午線」 전문, 『베누스 푸디카』, 창비, 2017.

밤의 하인은 무언가가 되려는 사람이 아니라 무언가를 '하는 사람'이다. 대부분의 사람은 무언가 (세상이 정해둔 직업 중 하나를 골라) 되고 싶어 하지 (세상이 딱히 정해둔 적 없는 일을) 하고 싶어 하지 않으므로 그는 손가락질을 받는다. "밤의 하인"이 된다. 태양도 주인도 없는 삶, 양지가 아닌 음지의 자리에서 그가 할 수 있는 일이라고는 허리를 굽힌 채 지구의 끝에서 끝까지 손으로 바닥을 쓸며 달리는 일뿐이다. 냇물에 지문이 풀어져 지도가 생길 때까지, 바다가 푸른 가루가 될 때까지 내 상상 속에서 그는 달린다. 미련함과 성실함은 그의 왕관이다. 우직하게 나아간다. 의심하지 않고 시곗바늘처럼 손끝으로 바닥을 쓸며 달리는 사람이다. 그는 물에 새겨진 투명한 지도처럼 쉽게 지워지는 시를 쓰고, 소수의 독자라도 읽어주길 소망하는 사람이 될지도 모른다.

헤르만 헤세는 시인이 되려고 하는 일의 불가능함을 말하며 "시인인 것은 괜찮지만 시인이 되려고 해서는 안 되었다"◇◇라고 쓴 적이 있다. 무슨 뜻일까? 시인인 것은 괜찮지만 시인이 되려고 해서는 안 된다니? 궁극의 시인이라면

◇◇ 헤르만 헤세, 『헤르만 헤세의 문장들』, 홍성광 엮고 옮김, 마음산책, 2022, 105쪽.

스스로 시인인 상태여야지, 애써 '시인 되기'라는 목적을 추구하지 말아야 한다는 뜻일까? 그는 이렇게 덧붙인다.

> 시인을 대하는 태도는 영웅을 대하는 태도와 똑같았다. 그들은 모두 강력하거나 멋지고 의기양양하며 일상적이지 않은, 비상한 노력을 하는 인물이었다. 다시 말해 과거 속에서 그들은 근사했고, 모든 교과서에는 그들에 대한 칭찬이 가득 적혀 있다. 하지만 현재와 현실 속에서 그들은 미움을 받았다. 추측건대 교사들은 유명하고 자유로운 인간으로 성장하는 일, 위대하고 훌륭한 일을 될 수 있는 한 막기 위해 고용되고 교육받은 모양이었다.◇

그렇게 해야 하는데 그렇게 하지 않을 때 사람들은 웃는다. 가령 젓가락으로 국을 떠먹거나 바지를 상체에 입거나 격식을 차려야 하는 자리에서 트림을 하거나 아스팔트 길에서 헤엄을 치거나 장래에 하고 싶은 일이 '시 쓰는 것'이라고 대답하거나. 친구들은 내가 시를 쓰는 사람이 되어가고 있을 때('되었을 때'가 아니다) 웃었다. 저러다 말겠지. 시집을 한두 권 내고는 토익을 공부하겠지. 회사 일을 열심히

◇ 같은 책, 105~106쪽.

하겠지. 부동산을 공부하고 돈을 모으는 일에 곧 열중하겠지. 내가 하(려)는 일이 뜬구름 잡는 일처럼 보이는 모양이었다(뜬구름 잡는 일, 그게 사실일지도!). 어떤 친구는 한참 모자란 사람을 볼 때처럼 웃고, 웃고, 비웃었다. 하지만 그렇게 해야 한다 해서, 그렇게 하고 마는 사람들을 지켜볼 때도 웃음이 나지 않는가. 왜 모두 똑같은 걸 하고, 되고, 추구해야 한단 말인가.

'위엄(그리고 권력)'을 갖기 위해 자기 목소리를 바꾼 정치인의 모습을 뉴스에서 볼 때마다 나는 웃음이 터졌다. 그가 진지한 표정으로 낮게 눌린 소리를 입 밖으로 낼 때마다 박장대소했다. 위엄이 있어야 한다고 생각해 위엄을 흉내 내는 일, 모방은 어딘가 우스꽝스럽다. 위엄이나 신망, 명예는 흉내를 내서 얻을 수 있는 게 아니다. 차라리 찰리 채플린의 연기에서 위엄을 찾겠다. 무언가가 되고 싶거나 무언가를 얻고 싶다면 방법은 하나다. 스스로 그러할 것. '자연自然'이라는 이치를 섬길 것!

빛나는 일은 위엄을 생각하지 않을 때, 온당 그래야 하는 것을 생각하지 않을 때, 무언가를 이루려는 마음보다 하려는 마음이 간절할 때 찾아온다. 그래서 나는 무엇이 하고 싶었던가.

나는 빗속에서 비 이외의 것을 찾고 싶었다. 세상을 관찰하고 진찰하여 공들여 말하기. 공책에 옮겨 적기. 이름 없는 것들에게 이름을 지어주기. 그게 내가 하고 싶은 일의 전부였다. 빗줄기 사이사이, 그 가느다란 틈에 좋아하는 것들의 목록을 적어두기. 빗속에 묻어두기. 음악을 입히기. 그게 내가 하고 싶은 전부였다. 아침부터 저녁까지 회사에 나가 시키는 일을 하고, 밤이 되면 무릎을 꿇고 시를 쓰는 게 내가 하고 싶은 전부였다. 10년, 20년, 30년, 고요히 숨어 시를 쓰고 싶었다. 시인이 되어야겠다는 생각을 감히 해본 적도 없었다. 내가 될 수 있는 게 아니라고 생각했다. 그저 오래도록 시를 쓰고 또 쓰며, 이따금 공모전에 응모해보면 좋겠다고 생각했다. 될 수는 없겠지만 할 수는 있는 일이라 가벼운 마음이었고 늘 신이 났다.

얼마 전 한 서점의 북토크 자리에서 누군가에게 질문을 받았다. "시인이 된 것을 후회한 적은 없나요?" 그 질문에 많은 것이 내포되어 있음을 알았다. 이 시대에 시를 쓰는 일이, 산문과 소설을 쓰는 일이, 불안정한 밥벌이를 이어 나가는 일이 어렵지 않느냐는 물음이었다. 나는 신이 나서 대답했다. 왜냐하면 그건 내가 종종 생각하고 기꺼이 답을 내보는 화두였기 때문이다.

"시 쓰는 일은 제가 들어둔 보험이에요. 제가 생명보험은 없지만 '시'라는 보험은 두둑이 들어뒀거든요. 노년에 끼니를 걱정해야 할 정도로 가난해진다면 그때는 들어둔 보험을 찾아 쓰면 되죠. 가난하고 쓸쓸할 때 시가 얼마나 잘되겠어요. 훗날 많은 독자를 가진 시인으로 살 수 있어 경제적으로 여유롭다면 그건 그런대로 좋을 테고, 그렇지 않다고 해도 두려워하지 않으려고요. 그땐 진짜 시의 시대를 살 수 있을지 모르니까요. 눈 밝은 편집자 몇이 '아이고 불쌍한 양반, 아무개는 말년에 가난한 가운데 시를 쓰다 죽었네'라고 어느 모퉁이 자리에 기록을 남겨준다면 더할 나위 없겠지요."

진심이다. 시는 내게 보험이다. 모든 게 무너져도 남아 있는 것. 밤의 하인이 할 수 있는 일이다. 보이지 않는 휘장을 스스로 두른 채 내달린 적 있으니 행복에 겨운 일 아닌가. 아무나 밤의 하인이 될 수 있는 것도 아니지 않은가. 밤의 하인은 하는 사람이다. 무언가를 공들여 하는 사람.

소비의 기쁨과 슬픔

외계인이 내려와 지구에 사는 현대인에 대해 알고 싶다 한다면, 세 가지 내역을 조사해보라고 하겠다. 다양한 매체를 통해 그가 보는 것, 구매하는 것, 쓰고 버리는 것. 이 세 가지 정보는 현대인의 관심사, 취향, 경제 상황, 성격 등을 보여준다. 특히 소비 내역은 중요한 요소다. 소비 내역엔 사생활이 들어 있다. 누군가가 선택하고 얻어낸 가치를 보여준다. 소비 행위에는 크고 작은 탐심貪心이 박혀 있다.

욕심쟁이는 아니지만 나는 갖고 싶은 게 있으면 시간이 걸리더라도 차근차근 노력해 꼭 갖고야 마는 성격이다. 어릴 때는 간절히 갖고 싶은 게 생기면 아버지가 사 줄 때까지 집요하게 졸랐다. 떼를 쓰며 울고불고한 건 아니다. 그저 스님이 점잖게 염불을 외듯, 매일 일정 시간 동안 아버지의 귀에 대고 집요하게 속삭였을 뿐이다. "그거 사 줘. 사 달라니까. 사 줄 거야? 사 주라. 사 줄 거지? 사 주면 안 되나. 사 줘."

하루는 아버지가 귀를 후비며 외쳤다.

"이 찰거머리야! 너도 좀 양심이란 게 있어봐라, 응?"

그때 내 작은 눈이 번쩍 뜨였음은 물론이다. 양심? 양심이라니! 어린 마음에도 낯이 화끈해졌다. 그가 돈이 없다고 소리를 지르거나, 가서 공부나 하라고 꾸중을 했다면 괜찮았을 게다. 그러나 나는 양심이란 단어를 들었고, 부끄러움이 생겨버렸다. 치부를 들킨 작은 인간처럼 타격을 입었다. 가정의 양육자도 피양육자에게 양심을 기대할 수 있다는 것을 그때 알았다. 그날 이후 무언가를 사게 될 때면 똥 마려운 강아지처럼 잠시 좌불안석이 되었다. 소비 행위에 앞서 긴장과 걱정이 생겼다고나 할까. 원하면 가져야 하고, 하고 싶은 일은 해야 하고, 하기 싫은 일은 안 하려 드는 내 점잖지 않은 성미는 '소비와 양심'을 한 세트로 묶어 생각하기 시작했다. 살 건 사면서도 '양심의 가책'까지 함께 사는 행위라니! 기쁨 뒤 찔림, 행복 옆 죄책감이 따라붙는 마음이여.

그렇다고 내가 흥청망청 물건을 사들이는 유형은 아니다. 내가 갖고 싶은 물건은 값비싼 물건이 아니라 작고 소소한 물건일 때가 많다. 아마 우리 할아버지 덕분일지도 모르다. 유치원을 다닐 때부터 나는 동전을 쥐고 날다람쥐처럼 슈퍼마켓과 문방구를 들락거리는 아이였다. 그땐 50원이면 평범한 아이스크림을, 100원이면 꽤 괜찮은 과자를, 500원이면 고급 아이스크림을 먹을 수 있었다. 문방구에서 동전을 넣고 무언가를 뽑는 기계에도 '투자'를 많이 했는데 쓸데없는 장난감이나 조악한 반지가 나왔다. 할아버지는 집에 손님이 놀러 와 내가 용돈으로 천 원을 받으면 어김없이 나를 불렀다. 500원을 줄 테니 천 원을 내놓으라 했다. 100원을 손에 쥐고 아이스크림을 사 먹으러 나가려 하면 "어이, 어이, 이리 와봐" 하고 불러 세웠다. 그다음 내 100원을 가져가고 50원을 내밀었다. 어린 마음에 할아버지를 미워했다. 내 윤택한 소비 생활을 방해하는 어른이었기 때문이다. 할아버지에 대한 반발심이었을까? 그때부터 나는 절약을 하지 못하지만(싫다 싫어, 50원!) 통 큰 소비자 역시 되지 못했다.

소비에 있어 세상에는 세 종류의 사람이 있다. 필요한 것을 사는 사람, 필요해도 안 사는 사람, 필요할까 봐 사는 사람. 나는 세 번째 사람이다. 세상을 둘러보라. '필요할 것 같은 물건'이 얼마나 많은지! 어른이 되어도 쓸데없는 것이 나오는 '뽑기' 같은 물건은 차고 넘친다. 이런 (쓸데없는) 물건은 언제나 사람을 유혹한다. 세 번째 유형인 나는 유혹에 넘어갈 준비가 되어 있는 사람이기에 눈을 감고 귀를 막으려 노력해야 한다. 세 번째 유형의 사람은 물건이 예뻐서 혹은 갖고 있는 것과 달라서 사는 사람이기도 하다. 여기에서 충동구매가 탄생한다. 충동은 세 번째 유형의 사람을 행동하게 하는 힘이다. 우리 집에는 기능이 비슷하나 조금씩 다른 특성을 띤 여러 개의 샴푸와 핸드크림, 화장품 등이 있다.

유혹당하려는 마음은 어디에서 오는 걸까? 다른 삶, 더 나은 삶을 살아보고 싶다는 욕망에서 기인할까? "혁명은 안 되고 나는 방만 바꾸어버렸다"라고 쓴 김수영 시인처럼, 나는 자꾸 샴푸만 바꾸는 게 아닐까? 필요 없는 지출을 줄이고 절약하기 위해 가계부를 써보라는 이야기를 들었지만 써본 적이 없다. 실은 가계부 쓰는 일이 두렵다. 얼마나 쓸데없는 걸 샀는지 확인하고 반성해야 할 텐데! 그 괴로운 일을 차마 할 수가 없다.

변명을 하자면 사는 걸 즐기는 사람은 '미래의 기쁨과 현재의 기대'에 약한 사람, 새로운 삶을 겪고 싶어 하는 사람일지 모른다. 물건을 사서 들고 나오는 순간 콕 하고 마음에 박히는 씨앗 같은 게 있긴 하다. 씨앗은 저마다 다른 줄기를 뻗고 다른 나무로 자라 다른 기쁨을 준다. 정말이다. 소비는 미래지향적이다. 방금 산 물건은 현재에 속해 있지 않다. 언제나 미래에 속하려 한다. 이 물건이 있으면 지금보다 더 윤택한 삶이 오겠지, 하는 얄팍한 기대!(광고는 이런 가엾은 사람의 심리를 파고든다).

과소비는 나쁘지만 분에 맞는 적당한 소비는 사람의 기분을 고양시킨다. 가령 이런 것을 사는 순간을 생각해보라.

—선물을 살 때는 선물 받을 사람의 미소와 기쁨도 같이 사게 된다. 포장을 푸는 순간 그가 처음 지어 보일 표정, 눈빛, 즐거운 분위기를 사는 일. 그러니 선물 상자 속엔 선물만 들어 있진 않을 게다.

—여행 가방을 살 땐 여행지에서의 시간도 미리 사게 된다. 일상과는 다르게 흐를 시간, 휴식과 산책, 음식, 이색적인 경험에 대한 기대가 여행 가방에 담겨 온다.

—신발을 살 땐 좋은 신발이 당신을 좋은 곳으로 데려다줄 거라는 말을 생각한다. 귀가 얇은 나는 이 말을 들은 후 신발을 고를 때마다 '가보지 않은 가장 좋은 곳'을 상상한다.

—수박을 살 땐 초록의 심연에 판돈을 거는 마음이 든

다. 달콤함이거나 덜 익은 밍밍함이거나, 쪼개보기 전엔 알 수 없는 세계.

— 악기를 살 땐 갖게 될지도 모르는 실력을 덤으로 얹어 산다.

— 채소를 살 땐 건강도 같이 산다.

자본주의사회에서 무언가를 사는 행위는 누군가 노력으로 모은 경제가치와 누군가 노력으로 만들어낸 물질 가치를 교환하는 일이다. 당신이 기르거나 만들어낸 재화를 내가 고생해 번 돈으로 사겠어요, 하는 행위. 그러니 이게 쉬운 일이겠는가. 사려는 사람은 적은 돈으로 좋은 물건을 사고 싶어 하고, 팔려는 사람은 수고에 비해 더 많은 이익을 내고 싶어 할 테니 말이다. 언젠가 서점 귀퉁이에 서서 사람들을 지켜본 적이 있다. 저자인 나는 종종 서점 매대에서 책을 구경하는 사람을 구경한다. 책 한 권이 팔리는 게 얼마나 어려운 일인지! 사람들은 대체로 책 앞에서 신중, 또 신중을 기한다. 마치 집을 계약하려는 사람처럼 심사숙고한다. 이 책 저 책 한참을 살펴본 뒤 어떤 책도 사지 않고 뒤돌아 떠나는 자를 보면 섭섭하기도 하다. 그들을 탓할 순 없다. 누군가 돈을 지불하고 책을 사는 일이 귀하고 어려운 일이란 깨달음이 올 뿐이다. 소비하는 마음은 간단치 않다. 우리는 충동구매를 하기도 하지만, 아무거나 사지 않는다. 기쁨도 슬픔도 양심의 가책도 같이 산다.

3

열리고 닫히는 마음들

추억의 비용

내가 꿈꾸는 집은 책이 딱 백 권만 있는 집이다. 보석처럼 귀한 책이라 첫 권부터 백 권까지 꽂힌 순서를 외우고, 백 가지 장정의 형태를 알아보고, 내용을 기억하며, 아무리 반복해 읽어도 질리지 않는 책들! 벽은 텅 비어 여백과 고요의 광활함을 자랑할 수 있으면 좋겠다. 그리하여 한두 점의 빛나는 그림을 걸고, 시계 대신 그림을 자주 볼 수 있으면 좋겠다. 가구보다 여백이 많은 집. 앉기보다는 바라보고 싶은 의자가 방마다 툭툭 놓여 있으면 좋겠다. 책상 위엔 공책 한 권과 문진 하나, 연필 한 자루만 있으면 좋겠다. 랩톱은 써야 할 때만 서랍에서 꺼내올 것이다. 커다란 창문은 또 다른 책이 되어 사계절 내내 다른 내용을 펼쳐 보여주면 정말 좋겠다. 그런데 지금 우리 집은?

책은 우리 집의 피부다. 책은 집의 외벽과 내벽을 가르는 경계선, 생활의 중심, 영혼을 쥐고 흔드는 악동, 비염 유발자다. 근사한 이야기라고 생각한다면, 일단 그 생각을 호주머니에 넣어두라고 권하고 싶다. 누구라도 우리 집처럼 많은 책에 둘러싸여 사는 자라면 알 것이다. 자가증식하는 생명체처럼 매월, 매주, 매일 불어나는 책 때문에 골머리가 썩는 자라면! 책이 집주인 행세를 하고 이사할 때마다 돈과 시간을 잡아먹는다면, 어느 정도는 정리하기를 포기했다면, 무너질 것 같은 서가를 올려다보며 사는 자라면!

그렇다. 우리 집엔 책이 많아도 너무너무 많다. 나는 책과 사랑에 빠진 사람과 결혼했기 때문이다. 그는 책에 미친 간서치, 책에 인생을 저당 잡힌 책벌레, 책을 읽고 쓰고 만들고 끌어안은 채 살아온 자, 책이 자기 영혼을 구할 거라 믿어 의심치 않는 이상주의자, 책을 탐식하고 과식하는 자, 책에 빠지면 옆에서 불러도 못 알아듣는 어린애 같은 사람이다. 책은 그에게 선생님이고, 친구이고, 밥이고, 직업이고 또한 사랑이었다(과거형으로 쓰는 이유는 그의 책 사랑이 멈춘 게 아니라 내 현재 심정을 반영한 표현일 뿐이다. 그는 지금도 거실에서 책을 읽고 있다).

조금 억울하기도 하다. 나도 어릴 때부터 책을 끼고 살아온 사람으로서, 애서가로서 한자리 차지하고 싶었는데! 곁에 '책덕후'가 있으니 명함도 못 내밀게 된 게다. 그는 책처럼 딱딱하고 책처럼 가지런하고 책처럼 풍부하다. 책처럼 재미있고 책처럼 슬프고 책처럼 웃기다. 책처럼 미래지향적이고 책처럼 과거지향적이고 책처럼 오늘만 있거나 오늘이 없다. 책처럼 비싸고 책처럼 싸다. 책처럼 쓸모 있고 책처럼 쓸모없다. 책처럼 아름답고 책처럼 수더분하고 책처럼 조용하며 책처럼 수다쟁이다. 가끔은 책이 그를 낳은 것 같다. 그렇다면 나는 책을 시어머니라 불러야 하나? 시어머니 한 권, 시어머니 백 권, 시어머니 천 권! 에구머니, 내 시집살이여!

우리가 사는 집에는 책이 8천 권 정도 있다. 안성 시골집에는 남편이 수십 년간 모은 4만 권의 책이 있었다. 몇 해 전 시골집을 처분하면서 헤이리에 사무실을 빌려 책들을 옮겼다. 안성에서 헤이리로, 5톤 트럭 다섯 대를 움직여 이사한 날, 밤 10시가 넘어서야 이사가 겨우 끝났다. 남편이 갑자기 가슴이 답답하고 숨이 안 쉬어지네, 하길래 밖으로 나와 밤이 내린 헤이리 마을을 거닐었다. 숨을 천천히 마시고 내쉬어보게 했다.

"내가 그동안 이렇게 많은 책을 끌어안고 살아온 줄 몰랐어."

그가 충격을 받은 듯 어두운 얼굴로 말했다. 나는 그의 등을 쓸어주며 이사를 무사히 마쳤으니 걱정 말라고, 괜찮다고 토닥여주었다.

"건물이 무너지는 건 아니겠지?"

도서관보다 책이 더 많다고 아우성이던 이삿짐센터 직원들의 꾸지람 같은 말을 들으며 이사를 마친 뒤에도 당신의 걱정은 계속됐다.

매달 비싼 월세를 내야 할 만큼 많은 장서를 가진 남편이 간혹 내 눈치를 본다는 걸 안다. 책으로 가득 차 작업실로 사용하지도 못하는 애물단지 공간을 품고 있는 당신에게 내가 할 수 있는 말은 이것뿐이었다.

"추억의 비용이네. 아주 비싸게 지불해야 하는."

몇만 권의 책들을 그저 추억의 귀함으로 끌어안고 있을 뿐이니, 과연 추억의 비용을 지불하는 게 맞지 않은가.

헤이리 공간의 계약이 만료되어 우리는 또 한 번의 이사를 준비하고 있다. 이번엔 파주출판단지에 사무실을 얻었다. 이사 비용은 또 왜 이리 비싼지! 역시 매달 비싼 추억의 비용을 지불해야 한다. 기약도 대책도 없는 서가 이사가 앞으로 얼마나 반복될까? 이사하며 버릴 책을 많이 버렸다며, 이제 2만 권 정도로 양이 줄었다는데 모르겠다. 백 권의 책만 갖길 원하는 내겐 많아도 너무 많아 보인다. 이사를 앞두고 마음이 복잡하다. 시간과 비용을 감당하면서도 그가 쓰고 만들고(출판사를 경영한 적 있으므로) 모은 책들을 한사코 품으려는 어리석음은 사랑의 속성이다. 사랑은 어리석음이다. 그 반대는 아니지만. 어쩌면 나는 그 '어리석음의 환함' 때문에 이 사람을 좋아하는지도 모르겠다. 대책 없음과 기약 없음, 마음의 일은 다 그렇다.

당신을 낳고 만들고 먹이고 입히는 책. 나의 먼지 품은 시어머니.

오래된 서가 앞에서 재채기를 하며 비염이 심해진다고 화를 내지만, 이거 싹 다 갖다 버리자고 큰소리를 치지만, 그냥 해보는 소리다. 추억의 비용이라면, 그게 책이라면, 당신을 이룬 한 세월이라면 같이 품어요. 일단 품어봅시다.

책을 사랑하는 사람치고 별 볼 일 없는 사람은 없다. 책을 읽는 일은 남의 이야기에 귀를 기울이는 일, 다른 존재에 관심을 가지는 일이다. 책을 과하게 사랑하는 사람이 나쁜 사람이 될 확률은 낮다. 그럼에도 내가 꿈꾸는 건 백 권의 책만 놓인 집이다. 운이 좋으면 나중에 책을 둘 수 있는 별채를 한 채 가질 수 있을까? 책이 사는 집과 고요가 사는 집. 두 곳을 시소처럼 오가며 나이 들고 싶다. 책 좋아하는 간서치 곁에서 생각한다. 사랑이란 그가 사랑하는 걸 참고 품어주는 일이기도 하다는 것을. 나도 책을 사랑해온 역사가 꽤 되는데, 어쩌다 보니 책을 사랑하지 않는 사람처럼 이런 글을 쓰고 말았다.

펼쳐진 책은 날아가는 책이다. 머릿속으로, 공중으로, 다른 세상으로. 펼쳐진 책은 힘이 세다. 힘이 세야 날아갈 수 있다. 꽂혀 있는 책은 기도하는 책이다. 읽어주소서. 쌓여 있는 책은 잠든 책이다. 포개져 잠든 동물 새끼처럼 무구하다. '잠자는 숲속의 책'처럼 타자에 의해서만 깨어날 수 있다. 책의 피동성은 펼쳐지는 순간 능동성으로 바뀐다. 이야기는 일단 펼쳐지면 달려 나간다. 빌려준 책은 이민 간 책이다. 돌아올 기약이 없다. 버려진 책은 죽은 책이다. 읽힐 가망이 없다. 고양이가 기대고 있는 책은 '묘책'이다. 말릴 수 없다. 고양이에게 넘겨줄 수밖에.

언젠가 나는 '묘책'이란 제목으로 책을 쓰고 싶다. 그 책에는 내가 발견한 생의 비밀과 비의非義, 시의 리듬, 고양이의 걸음, 추억의 비용 따위가 담기리라.

덧) 이 글을 쓰고 있는데 남편이 다가와서 별안간 책

세 권을 주문해달라며 제목을 읊는다. 그중 한 권의 내용이 '헌책방에 오는 진상 손님 관찰기'란다. "어때? 재미있겠지?" 입맛을 다시는 저 양반을 바라보며 생각한다. 지금 나는 '집을 헌책방으로 만드는 진상 남편 관찰기'를 쓰고 있는 중이거든? 사랑한다. 그러나 징글징글하다, 책이여!

초보 운전자를 사랑합시다

마흔이 넘어서야 운전면허를 땄다. 면허 취득이 늦은 건 오랫동안 내가 때를 기다려온 까닭이다. 시간을 내 학원을 다니고, 도로 주행 연습을 하고, 시험을 보고, 면허를 취득한 뒤, 바로 운전할 수 있는 적당한 때라는 게 있을 줄 알았다. 성인이 되고 스무 해가 지나도록 적당한 때는 오지 않았다. 무언가를 하기에 적당한 때란 기다려도 오지 않는 '고도'와 같다. 일단 시작해버리는 때, 그때가 바로 적당한 때란 걸 알았다.

2019년 12월에 면허를 땄다. 당시엔 세상에서 가장 이해할 수 없는 사람이 '장롱면허' 소지자라고 생각했다. 왜 비싼 돈을 들여 딴 면허를 썩히는 걸까. 나 역시 2년 반 동안 장롱면허 소지자가 된 다음에야 알았다. 운전을 바로 하지 못할 이유는 차고 넘쳤다. 당장 급히 운전해 가야 할 곳이 없어서, 전문가에게 연수를 더 받아야 하므로, 마음의 준비가 필요해서…… 내 경우엔! 2020년 1월, 면허를 따자마자 코로나19가 상륙했다. 바이러스가 잠잠해지면 연수를 받아야지 생각했는데 2년이 지나도록 상황은 나아지지 않았다. 결국 2022년 6월, 전염병이 사라지지 않은 가운데 연수를 받았다. 더는 미룰 수 없었다.

재미있는 건 친구들의 반응이었다. 마흔 넘어 운전을 하겠다고 선언하니 반응이 다양했다.

— 왜 운전을 하려고 해? 남이 운전하는 차를 탈 때가 제일 좋은 거야.

— 네가? 정말 할 수 있겠어?

— 운전은 누구나 할 수 있지. 그럼, 다 할 수 있다고.

— 남자들이 여자 운전자를 얼마나 무시하는데, 그거 생각하면 안 하는 게 나을 텐데.

— 운전하면 삶을 보는 눈이 달라져. 잘 생각했어.

— 무섭지 않아? 난 무서워서 못 할 것 같던데. 사고 나면 어떡해.

— 기동력이 생긴다는 건 대단한 거야. 무조건 해.

— 겁내지 말고 천천히만(욕 좀 먹더라도^^) 다니면 자전거

보다 안전함. 바퀴가 네 개!

이 중 내가 흘려들은 말은 무섭지 않겠느냐는 말, 여자 운전자를 무시하는 풍습에 관한 말, 네가 할 수 있겠느냐는 말 등이다. 그렇다. 일단 하겠다고 마음먹은 이상 부정적인 이야기에는 귀를 닫아버렸다. 사실 내가 바란 건 응원의 말이었다. 할 수 있다는 말!

바야흐로 초보 운전자의 시대가 열렸으니, 나는 운전을 곧잘 했다. 나를 앞지르고 싶다면 누구라도 먼저 가시라며 느긋한 자세로 양보도 했다. 초보자 아닌가. 교통 흐름을 방해하지 않는 선에서 천천히 운전했다. 급할 게 없었다. 문제는 주차였다. 연수를 받을 때 시간이 없어 주차 연습을 많이 하지 못한 데다 우리 집 차엔 후방카메라가 없었다. 결국 주차를 하는 중에 두 번이나 사고를 냈다. 큰 사고는 아니었지만 쿵! 사고였다. (웃으세요.)

한번은 주차 연습을 하다가 집 근처 아울렛에서 사고를 냈다. 주차장은 텅 비어 있었고 분홍색으로 여성 전용 주차라인까지 그려져 있었다. 운전한 지 얼마 되지 않아 주차를 오직 운에 맡기던 때였다(미쳤지!). 누군가 멀리서 주차 중인 내 차의 움직임을 봤다면 배꼽을 잡았을 게 분명하다. 나는 누구보다 열심히 삽질 중이었다. 아무리 해도 차가 기둥 쪽으로 붙었다. 삑삑대는 센서 소리에 심장이 두근댔다. 답답한 마음에 차에서 내려 차가 현재 어떤 모습인지 살펴보니 가관이었다. 내가 차를 기둥 속으로 집어넣으려 하고 있는 게 아닌가. 정신을 가다듬고 다시 후진을 하려는데, 저쪽에서 차들이 주차장으로 들어오고 있었다. 이 삽질을 저들에게 보일 순 없다고, 주차장을 밀리게 하면 안 된다고 허둥대다 그만 차를 기둥에 박고 말았다. 뒤범퍼가 (살짝) 깨졌다.

또 한 번은 단골 카페에서 주차할 때였다. 15도 가량의 경사가 있는 지면에 후면주차를 해야 하는데, 경사 때문인지 차가 후진하다 자꾸 멈춰 섰다. "거기서 후면주차하기는 아직 어려울 수 있으니 그냥 정면주차해"라고 한 남편의 말이 뒤늦게 떠올랐지만 무시했다. 다른 차들은 모두 후면주차를 했는데 나만 정면주차를 하는 게 자존심 상하는 일처럼 느껴졌다. 주차라인도 잘 잡았으니 이제 차를 안쪽으로 밀어 넣기만 하면 되는데, 문제는 이놈의 차가 주차라인 끝까지 올라가주질 않고 자꾸 서는 거였다. 후진기어를 놓은 채 액셀을 '콕' 눌러보았는데 별안간 차가 뒤로 '획' 가더니 '쿵' 소리를 내며 카페 유리창을 '쨍그랑' 깨버리는 것이 아닌가! 나는 가자미처럼 납작해져 차에서 내렸다. 지구에서 사라지고 싶었다. 보아하니 차는 괜찮았지만 카페 창문과 화분이 깨져 있었다. 카페 사장님께 천 번쯤 사죄하고 남편에게 전화했다. 이리 좀 와보라고, 와서 봐야 할 게 있다고, '조그만' 사고를 낸 것 같다고 더 조그만 목소리로 말했다.

사고 현장을 보고 남편은 헛웃음을 터뜨리며 보험회사에 연락했다. 나는 유리창이 너무 약한 것 같다고 말하려다가 그만두었다.

두 번의 사고를 낸 뒤 의기소침해진 건 사실이다. 나는 아직 거칠고 미숙했다. 그렇지만 여기에서 물러서면 운전대를 다시 못 잡을 것 같았다. 사고를 낸 다음 날은 친구(내 운전 선생님!)를 태우고 파주에서 서울까지 처음으로 운전해서 가보기로 한 날이었는데! 남편이 분명 위험하니(사고를 두 번이나 냈으니!) 당분간 운전하지 말라고 하겠지. 그렇다면 몰래 숨어서라도 운전을 해야지. 내 차를 따로 사야 할지도 몰라. 아무리 핍박을 받더라도 운전을 포기하지 말자. 나는 흡사 여성의 운전을 제한한 이슬람 국가의 여자라도 된 듯, 앞으로 올 탄압을 예상하며 비장해졌다. 그때 남편이 "내일 서울까지 조심해서 운전해" 이렇게 말하는 게 아닌가. 혼자 투쟁(?)할 결심을 한 게 머쓱했다. 다음

날 나는 무사히 서울까지 운전을 하고 돌아왔다. 짜릿했다. 친구가 깨진 유리창 사진을 보더니 말했다.

"나 같으면 당장은 운전하지 못했을 텐데. 참 대단하다."

세상엔 두렵다고, 못할 것 같다고 물러서면 다시 시작하기 어려워지는 게 있지 않은가. 못하는 건 별문제가 안 된다. 할 수 없을 거라고 단정하는 마음, 시도하지 않는 마음이 더 문제다. 못하는 건 잘할 때까지 계속하면 된다. 여전히 나는 초보 운전자지만 다행히 운전 실력이 늘고 있다. 두 번의 사고 덕분에 주차할 때는 특히 주의를 기울인다. 더 이상 운에 기대지 않고 사이드미러와 브레이크에 기댄다.

운전을 하면 내 삶을 원하는 쪽으로 몰고 가는 기분을 느낄 수 있다. '운전대를 잡다'라는 관용어가 있는 것처럼, 삶을 주체적으로 사는 방식 중 하나가 운전을 직접 하는 일이란 걸 알았다. 어떤 사람은 자신이 운전을 하면서 '위험하니까' 당신은 운전을 하지 말라고 조언한다. 편안하게 남이 운전하는 차를 타라고. 그는 왜 우리가(그렇다, 아직 운전에 미숙한 우리들!) 유독 위험에 취약할 거라 단정 짓는 걸까? 마치 위험하니까 혼자 여행하지 말라는 말, 위험하니까 혼자 살지 말라는 말, 위험하니까 무언가에 도전하지 말라는 말처럼 위험하다. 21세기로 들어서며 여성 운전자가 많아진 건 사실이지만 아직도 여성 운전자의 실력을 미덥지 않게 생각하는 분위기는 남아 있다. 세상에 위험을 수반하지 않고 성취할 수 있는 가치가 있던가? 처음부터 운전에 능숙한 사람은 없다. 수많은 위험과 크고 작은 사고를 겪어내며, 모르던 감각을 익히고, 시행착오를 경험한 뒤에야 능숙한 운전자가 된다. 거리의 운전자들은 한 명도 빠짐없이 과거에 초보 운전자였다. 초보 운전자에게 필요한 건 경험을 쌓을 시간과 곁에 있는 이들의 응원이다.

운전하면서 진짜 어른이 되었다고 느낀다. 이제 운전 중에 음악도 듣고 신호 대기 때 하늘도 바라본다. 여전히 긴장을 늦추진 않지만 평상심도 유지할 수 있게 되었다. 일단 해야 한다. 그게 무엇이든. 그다음, 어떤 순간이 오는지 눈을 크게 뜨고 바라봐야 한다.

내 꿈은 베스트 드라이버다. 훗날 운전을 겁내는 초보 운전자를 만나면 이렇게 말해줄 테다. 걱정하지 마세요. 저도 처음엔 엉망진창이었어요. 포기하지만 않으면 결국 능숙해질 거예요!

운전을 겁내고 자신감이 떨어질 때마다 응원해준 친구들, 고맙습니다. 세상은 모든 초보자에게 관대해야 합니다. 암요.

귀 얇은 노인이 되고 싶다

혼자 방에 앉아 이 시를 읊조려볼 때가 있다. 존재의 근원적 슬픔을 다룬 시다. 태어난 이상 무언가를 먹어야 하는, 인간의 갈급한 생의 의지를 다룬 시다.

모든 국은 어쩐지
괜히 슬프다

왜 슬프냐 하면
모른다 무조건

슬프다

냉잇국이건 쑥국이건
너무 슬퍼서

고깃국은 발음도 못하겠다.

고깃국은……

봄이다. 고깃국이.◇

신생아에게 어미의 젖은 처음 먹는 국이다. 식기나 도구를 사용하지 않고 체온과 체온을 나누며 먹을 수 있는 유일한 국이다. 좀 더 자라면 냄비에 끓인 국을 먹게 된다. 콩나물국, 미역국, 아욱국, 배춧국, 고깃국…… 시의 화자가 국, 하고 발음할 때 슬픔을 느끼는 건 당연한 일인지도 모른다. 먹고 사는 일의 간단치 않음이 한 그릇의 국에 담겨 있다는 걸 알아보았을 게다.

태어난 건 죽는다. 떠오른 건 가라앉는다. 피어난 건 시든다. 뜨거운 건 식는다. 이토록 자명한 인과를 헤아려보니, 그 처음과 끝에 노화가 있음을 알겠다. 이 시를 이렇게

◇ 김영승, 「슬픈 국」 전문, 『화창』, 세계사, 2008.

바뀌 읽을 수도 있을까. 사는 일은 어쩐지 괜히 슬프다고. 너무 슬퍼서 늙는 일은 발음도 하지 못하겠다고. 슬픔이 기다란 지네라면 노화는 지네의 몸에 달린 다리들. 어디로 향해 가는지도 모른 채 가고, 갈 뿐인 다리들이다. 나는 언제나 늙는 일이 죽음보다 더 맹렬하고 야멸차다고 생각했다.

할머니가 갱지처럼 늙어가던 나날. 할머니를 만나러 갈 땐 버스를 타고 지하철을 타고 기차를 타고 그래도 남은 거리는 걸으며 도착 시간을 최대한 늦췄다. 할머니를 만나고 집으로 돌아올 땐 택시와 버스를 번갈아 타며 도망치듯 빨리 돌아왔다. 비행기가 있었다면 비행기를 탔을지도 모른다. 나는 무엇으로부터 도망치고 싶었던 걸까? 내 속도는 비열했다. 철이 없어 죽음의 수하로서 삶에 복무하는 늙음을 제대로 마주하기 어려워했다.

할머니는 돌아가신 할아버지 얘기를 자주 꺼냈다. 할아버지는 지병 없이 노화로 죽음을 맞이했는데 나중에 할머니 역시 그렇게 돌아가셨다. 나는 할아버지를 통해 '늙어 죽은 사람'을 처음 봤다. 생각보다 드물고 거룩한 일이었다. 큰병 없이 연로하여 집에서 자연스럽게 죽음을 맞이하는 일. 할아버지는 초가 녹아 흘러내리듯 조금씩 꺼졌다. 목

숨이 꺼진다는 표현은 진짜다. 할아버지는 희미해지다 꺼지는 빛처럼 사라졌다. 90년간 멈춘 적 없는 심장이 느려지는 게 보이는 듯했다. 어쩌다 바짓단 위로 종아리가 드러나면 내 손목보다 가늘어 뵈는 할아버지의 정강이뼈가 보였다. 손으로 쓸어보면 수분이 빠져나간 살가죽이 종잇장처럼 밀렸다. 살이 뼈를 감싼 형태가 아니라 뼈가 살가죽을 얇게 걸치고 있는 형국이었다.

내가 푸른 스웨터를 사 들고 간 날, 할아버지는 스웨터를 한쪽 어깨에 걸친 채 잠이 들었다. 새 옷을 입다 말고 잠이 든 게다. 할아버지는 밥을 한술 뜨다가도, 무언가를 얘기하다가도, 다른 사람의 이야기를 듣다가도 자꾸 잠에 빠졌다. 할머니는 이제 가봐야 한다는 나를 붙잡으며 중국요리를 시켜주었다. 요리를 어떻게 했는지 탕수육은 씹을 수 없을 만큼 딱딱했고, 나는 슬픔의 뼈처럼 단단하게 튀긴 고기를 먹는 척하느라 진땀을 흘렸다.

할머니 집에서 도망치듯 나올 때마다 눈빛이 걸렸다. 내 뒤통수에 달라붙은 할머니의 간절한 눈빛. "아가, 지금 가면 언제 또 볼 수 있을까." 혼잣말처럼 중얼거리던 목소리. 나는 금세 또 오겠다고 할머니를 안심을 시키고 뒤돌아섰다. 아파트를 빠져나와 위를 올려다보면 자그마한 몸집의 할머니가 복도 창틀에 기대 손을 흔들고 있었다. 이듬해 봄, 할머니는 돌아가셨다.

죽음보다 더 견디기 힘든 건 할머니의 늙어가는 모습이었다. 죽음은 직방이지만 노화는 우회적이고 점층적이다. 노화는 반복이다. 속절없음이다. 노화는 오랜 시간 한 사람 곁을 배회한다. 떠나는 듯 보이다 더 확고히 돌아온다. 돌아와 머문다. 노화의 주특기는 협박이다. 주기적으로 독촉장을 보내는 빚쟁이처럼 끈질기다. 갚아야 할 게 무엇인지 모르는 채 시달리는 일. 노화에는 시작도 끝도 없다. 언제나 복판에 서 있는 기분을 준다.

스무 살에도 늙을 수 있다. 백발의 노인처럼 늙을 수 있다. 더 이상 인생에 아무것도 없을 것 같은 기분, 다 살아버린 기분, 조금도 힘을 낼 수 없는 기분을 느낄 수 있다. 늙는 일은 사람을 주저앉게 하고 힘을 빼앗는다. 늙어버린 자에겐 근력이 없다. 무언가를 하고 싶은 힘도, 다른 생활을 상상하는 힘도 사라진다. 물론 나이를 지긋하게 먹은 뒤에도 늙음을 크게 인지하지 못하는 사람이 있을 수 있다. 그런 이라 할지라도 어느 새벽 욕실 거울에서 마주한 민낯, 그 낯선 얼굴까지 모른다 할 순 없을 게다. 그렇지 않은가? 어느 날 문득, 얼굴은 낯설게 늙어 있다.

나쁜 건 늙은 사람을 없는 사람 취급하는 세상의 눈이

다. 존재하는데 존재하지 않는 것처럼 취급하는 일. 당신은 이제 하나도 중요하지 않아요, 낙인찍는 일. 중요하지 않은 사람은 없다. 오래된 사람이 있을 뿐이다. 오래된 사람은 오래 산 사람이다. 계절을 더 많이 겪은 사람이다. 당신은 왜 늙으셨나요, 이렇게 질문할 순 없다. 늙음에는 이유가 없거나 너무 많다. 대신 이렇게 질문할 수 있다. 당신은 어떻게 살아왔나요? 이 질문엔 예의와 관심, 존중이 들어 있다. 인터넷 검색이 보편화되기 전, 사는 일이 어려울 때 사람들은 연장자를 찾았다. 그들의 경험과 생각을 듣고 싶어 했다. 이제 아무도 삶의 지혜를 노인에게 구하지 않는다. 책에서도 아니다. 작고 네모난 디지털 세상을 두드리며, 묻지 않고 검색한다.

장차 아무도 찾지 않는 노인이 되면 어쩌나 걱정이 들 때가 있다. 늙는 일을 두려워하게 될까 봐 두려울 때가 있다. 그럴 때 아녜스 바르다의 말을 떠올린다.

> 저는 사물들의 형태를 감상하는 걸 좋아해요.
> 제 자신의 형태도 포함해서요. 주름, 힘줄, 정맥, 아름다운
> 모습들이죠. 나무를 바라보는 것과 같아요. 오래된 나무를
> 보면 그 모양새가, 형태가 대단하잖아요. 그리고 나무를
> 바라보면서 이렇게 말하죠. "정말 근사한 올리브나무네."

그럼 이렇게 말할 수도 있는 거 아닌가요? "정말 근사한 손이네." 무슨 말인지 아시겠죠?◇

오래된 나무에게서 근사함을 찾듯, 나이 든 자의 얼굴에서 근사함을 찾고 싶다. 오래된 걸 소중히 여기는 사람으로 늙고 싶다. 늙음의 첫 징후는 '듣지 않는 자세'에서 찾을 수 있으므로 다른 사람의 말을 공들여 들을 것이다. 참 귀 얇은 노인이네, 종국엔 이런 말을 듣고 싶다. 귀가 얇은 노인이 남의 말을 듣지 않는 노인보다 훨씬 귀여울 테니까. 꼰대가 되지 않기 위해 젊은이들의 말과 행동에 관심을 기울이겠다. 그들과 비슷해져야 한다는 게 아니다. 그럴 수도 없지 않은가. 젊은이들의 생각을 듣고 그들의 입장을 인정하는 어른이 되고 싶다. 친구들과 자주 이런 약속을 한다. "우리 서로 남의 말을 안 듣는 것 같으면 꼭 말해주자." 어느 날 꼰대가 되더라도 스스로 꼰대인 걸 알고 얼굴을 붉힐 줄 아는 꼰대가 되고 싶다.

타인의 고통을 알 수 없다는 말은 타인의 고통을 '그처럼'은 알 수 없다는 말일 게다. 당장은 늙은 사람의 마음을 '늙은 사람처럼' 알 수 없을 테지만 그래도…… '그래도' 다

◇ 아녜스 바르다, 『아녜스 바르다의 말』, 오세인 옮김, 마음산책, 2020, 348쪽.

음에 올 말을 찾기 위해 애쓰고 싶다. 늙어가는 누군가에
게서 오래된 나무의 근사함을 찾듯이.

술이라는 열쇠

술은 우리에게 거래를 제안한다.

"네 정신을 다오. 그러면 나는 정신을 제외한 모든 걸 네게 줄게."

과장이 아니다. 술을 마시면 정신이 없다. 술이 정신을 가져간다. 한 잔이라도 술을 마신 자는 운전할 수 없다. 할 수 있어도 하면 안 된다. 정신은 한 방울의 술에도 희석될 수 있다. 술을 마시기로 한 순간부터 정신은 문을 열 준비를 한다. 술은 우리가 문을 열고 어딘가로 떠나거나 도착하게 만들 수 있다. 술을 마시는 자는 준비하는 사람이다. 마음의 짐을 내려놓을 준비, 슬픔을 해방할 준비, 매일의 긴장으로부터 벗어날 준비, 웃고 떠들 준비, 울고 하소연할 준비, 잠잘 준비, 모든 준비로부터 벗어날 준비. 술은 준비하는 우리를, 우리의 정신을 조종한다. 술은 매혹적이고 위험한 열쇠다. 무엇이든 열고 바꿔놓는다.

하룻밤이라면, 당신은 흔쾌히 응할지도 모른다. 어떤 사람은 온종일 '열린 상태'이고 싶어 전전긍긍하기도 한다. 평소에 마음을 닫아걸은 사람일수록 그렇다. 며칠 전 만난 한 음악가는 1년에 술을 마시는 횟수가 다섯 번이 안 된다며 이렇게 말했다. "제가 마시고 싶을 때, 딱 그때만 마셔요." 그이는 정신의 직립과 영혼의 온전함을 소중히 지키고자 하는 사람일 것이다. 정신을 차리고 싶어 술을 마시는 자는 없다. 흐트러지고, 위안을 얻고, 잊고, 기억하고, 놓치고, 그리워하고, 미워하고, 사랑하고, 슬퍼하고, 기뻐하고, 용기를 얻고, 책임을 회피하기 위해 술을 마신다. 술은 '잠시'라는 영원의 시간을 우리에게 허락한다. 잠시, 인생에 응석을 부릴 수 있는 기회를 얻기 위해 우리는 술잔을 든다.

한창 응석을 부리고 싶던 시절에 친구들과 자주 술을 마셨다. 주량이 센 편이 아니라 취하기도 쉬웠다. 그땐 좋은 음식 앞에서 반주로 한두 잔 걸치는 기쁨을 몰랐다. 마음 한가운데에 놓인 추가 중심을 잃고 빙빙 돌게 내버려두었다. 일어서면 흔들리고 앉으면 무너지게 만드는 게 술의 전부인 줄 알았다. 지금은 그렇지 않다. 지금은 술잔을 쥐고도 술에게 정신의 전부를 내주지 않는다. 술의 입장에선 약아빠진 거래자이고, 세상의 입장에선 더는 젊지 않은 취객으로 보이려나? 이제 나는 한 잔 혹은 두 잔을 마실 뿐이다. 내일을 생각하고, 마음 한가운데의 추를 염려한다. 여러 잔이 되더라도 갈 길을 헤아리며 취한다.

10여 년을 붙어 다니던 친구들과 술 마시던 시절, 우리는 모두 혼자 살았다. 아무도 결혼하지 않았다. 우리는 가볍고 우습고 가난했다. 모두 작가였지만 누구도 유명하지 않았다. 가진 건 쓸데없이 뻗치는 힘뿐이었다. '한恨'이라 바꿔 부를 수도 있는 힘이 넘쳐났다. 그땐 우리의 찬란함을 몰랐다. 술과의 거래에서 매일 살아 돌아오며, 읽고 쓰고 사랑하고 이별하는 우리의 싱그러움을 몰랐다. 우리는 스스로를 '창피함과 괴로움으로 일그러진 괴물'이라고 생각했다. 자주 얼굴을 가리고 울었다. 부끄러움을 느끼는 괴물이라니, 그런 건 이미 괴물일 리 없는데 자책으로 낮과 밤을 보냈다. 우리는 홍대, 종로, 대학로를 오가며 마셨다. 걷다가 마시고, 열띤 토론으로 목청을 높이다 마시고, 싸우다 마시고, 화해를 위해 마셨다. 우리를 괴롭히는 건 늘 '사는 일'이었다. 혼자였으므로, 밤에서 새벽으로 넘어가는 시간에도 우리는 자유로웠다. 그때 자주 가던 포장마차가 있었다. 새벽 늦게까지 열던 종로의 한 포장마차다. 우리는 탁자에 둘러앉아 계란말이나 우동을 놓고 소주를 마셨다. 포장마차에서 술을 마시면 근처 건물 화장실을 이용해야 했는데, 새벽엔 건물들이 죄다 문을 닫아 화장실 사용이 어려웠다. 나와 친구 M은 술기운으로 의기양양해져 근처 주차장으로 갔다. 엉덩이를 담 쪽으로 두고 주차된 차들 꽁무니를 바라보며 쭈그려 앉아 오줌을 누던 날들! 그런 날을 M과 참 많이 나눠 가졌다. 캄캄한 곳에서 더 캄캄하게 흘러가는 오줌 줄기가 우리의 앞날 같았다. 키득거리며 오줌을 누고 나서는 진지한 이야기를 나누기도 했다. 간혹 울음으로 번지는 이야기들이었다. 걔들은 오줌 누러 가서는 소식이 없다고, 친구들이 찾는 소리가 들리기도 했다. 한번은 술자리가 파하고 집에 가는 길에 M이 거리에서 취해 자는 사람에게 무언가를 쥐여주는 걸 봤다. 가까이서 보니 계란말이였다. 그땐 모두가 엉뚱했다. 집에 가는 길엔 혼자가 되어 뿔뿔이 흩어졌다.

우리는 술이 어떤 '음식'인지 모르고 마셨다. 같이 있고 싶어서, 무언가를 함께 나누고 싶어서 마셨다. 이제 더는 그때처럼 술을 마시지 않는다. 대부분 혼자가 아니고, 여전히 작가로 살고, 그다지 유명해지진 않았지만 각자 나름의 방식으로 진지해졌다. 진지해진다는 것은 어떤 상태를 견고히 하는 것, 삶이 다르게 변할 여지가 없어진다는 뜻일까? 그때는 글이 우리를 어디로 데려갈지 모른 채로 썼지만, 지금은 우리가 글을 어디로 데려갈지 모른 채 쓰고 있다. 비슷한 것 같아도 다르다. 이제 우리는 어른처럼 술을 마신다. 무언가를 기념하거나 축하하기 위해서, 해가 끝나가거나 바뀐 자리에서, 각자의 이름과 술잔과 세상에서의 직책을 어렴풋이 인식하며 마신다. 취한다 해도 진짜로 취하는 건 드물다. 진짜로 취하는 경우는 커다란 문제를 안고 살 때뿐임을 이제는 안다. 재미없고 슬픈 이야기다.

사실 '술'을 주제로 무언가를 써달라는 청이 오면 한사코 거절해왔다. 술을 진지하게 생각하는 일이 괴로웠다. 이상하지. 어떤 주제는 자꾸 돌아온다. 전생에 쏜 화살처럼, 돌고 돌아 내 과녁에 꽂힌다. 돌아온 화살을 뽑아 들고 술로 죽음을 맞은 내 곁의 사람을 생각한다. 어떤 사람은 술과의 거래를 매일, 매 순간 하고 싶어 한다. 제정신으로 살 수 없는 사람들이 그렇다. 내 아버지도 그랬다. 아버지는 술이 완전히 깨는 순간을 두려워했다. 정신이 완전히 돌아오기 전에 얼른 다시 술을 마셨다. 아버지는 소주 한 병을 딱 두 번에 나눠 마셨다. 커다란 유리잔에 따라서 두 잔의 물처럼 마셔버렸다. 종일 마시면서 안주는 귤 한 개를 다

먹지 않았다. 아버지는 진짜였다. 가벼운 중독자가 아니었단 얘기다. 나는 한밤중에 싱크대 아래, 베란다 구석, 신발장 안, 찬장, 서랍 안에 숨겨둔 술을 죄다 찾아내 싱크대에 콸콸 쏟아부은 적이 있다. 악다구니를 퍼부으며 많은 양의 소주를 흘려보냈다. 그렇게 버려지는 게 내 인생 같았다. '그만'이라는 말은 아버지의 사전에서 지워진 지 오래였는데 그때 아버지가 '그만'을 외쳤다. 그만두라고. 술 버리는 일을 그만두라고 나를 말렸다. 아버지는 술에게 졌다. 이길 생각이 없었다.

당신이 특별히 여린 사람이라면, 내내 상처입을 준비가 되어 있는 자라면, 세상이 어렵다고 투정하는 자라면, 아무런 낙이 없다고 생각하는 자라면, 고치 속에 숨고 싶은 자라면, 절대로 술과 거래해선 안 된다. 술은 당신의 정신을 돌려주지 않을 테니까. 술은 기쁨도, 슬픔도, 절망도, 죽음도 줄 수 있다. 하긴 사랑은 안 그렇겠는가. 꿈은? 돈은? 자식은? 우리에게 특별히 기쁨을 주는 건 슬픔도, 절망도, 고통도 줄 수 있다. 나는 술이 한 인간을 어떻게 거두어가는지, 길고 긴 시간 동안 어떤 방식으로 잔인하게 구는지 낱낱이 본 적이 있기에 술에 대한 낭만적 감상이 없다.

술에 관한 아름다운 이야기는 대학 때 내 스승에게서

들었다.

"술은 원래 사람을 위한 음식이 아니다. 신을 위한 음식, 신에게 올리는 음식이란다."

신의 음식이라니, 인간이 신의 음식을 탐하는 거라니! 퍼즐이 맞춰지는 기분이었다. 신이 될 순 없고 신의 기분이라도 흉내 내보고 싶어 하는 인간들이 술을 찾고 마시고 취하는 게다. 우리는 술을 통해 잠시 신이 될 수 있다. 신에게 무슨 걱정이 있겠냐. 있다 해도 그건 신의 문제 때문은 아닐 것이다. 신에게 세상은 한눈에 보이는 것, 먼 아래에 자리한 한 톨의 혼돈일 뿐이다.

우리가 술을 마시는 이유는 지금 있는 자리에서 한두 뼘 올라선 기분을 느끼고 싶어서다. 공중에 발이 약간 떠 있는 기분. 내 문제가 내 문제만은 아니기를 바라는 기분! 기분에게도 꼭지가 있다면 술은 잠긴 꼭지를 반 바퀴 정도 풀어준다. 잠겨 있던 기분은 느릿느릿 놓여난다. 요새는 와인 한 잔을 마시며 영화를 보거나 책을 읽는 걸 좋아한다. 손발이 뜨거워지고 생각이 순해진다. 위스키는 꼭 물을 한 방울도 안 마시는 신의 오줌처럼 독해서 자주 마시진 못한다. 나이가 더 들면 어떤 술과 거래하는 걸 좋아하게 될지, 계속 살아봐야겠다.

우리 안에 머물러
우리를 만드는 것들

나는 집요함과는 거리가 멀고 기억력도 좋지 않다. 웬만한 영화는 보고 나서 잊어버린다. 영화를 보았던 기억은 있지만 내용을 떠올리지 못하기 일쑤다. 내가 본 수많은 영화는 나를 통과해 훨훨 사라졌단 말인가, 하면 그렇진 않다고 확신한다. 우리가 본 영화들은 우리를 통과해 지나가지만, 모두 다 가버리는 건 아니다. 어떤 장면, 어떤 대사, 인물의 눈빛, 목소리, 배경, 음악 그리고 영화를 보던 시간이나 장소, 마음의 일렁임은 우리 안에 머문다. 그것들은 우리 안에 머물러 우리를 만든다.

"극장에서 처음 본 영화가 뭔지 기억해?"

요 며칠 친구들을 만날 때마다 물었다. 의외로 기억나

지 않는다고 대답한 사람은 없었다. 처음 극장이란 장소에 진입한 일이 '작은 사건' 정도는 되는 걸까? 평범한 질문에 비해 친구들의 대답은 흥미로웠다. 그들이 대답한 영화 제목은 각자의 나이나 세대를 실감케 했고(오, 이 영화가 개봉했을 때 그 나이였단 말이지?) 당시의 풍속을 떠올리게 했으며, 시대를 뚫고 성장한 자의 '취향의 시작점'을 감지하게 만들기도 했다. 재밌는 건 처음 본 영화와 그걸 회고하는 방식, 영화에 대한 감상이 묘하게 '현재의 그'와 어울린다는 점이었다. 마치 극장에서 처음 본 영화가 사람의 성격(그리고 미래)을 예고하기라도 하는 것처럼(물론 내 과잉 해석일지도 모르지만). 열심히 묻고 다녔으니 그들의 나이와 처음 본 영화, 육성을 살린 이야기를 소개하겠다.

78년생 A는 〈시애틀의 잠 못 이루는 밤〉(1993)이라고 답했다. "생각해봐. 내가 얼마나 지루했을지! 끔찍했지. 그때는 어렸는데 감정선이 깊게 깔린 사랑 이야기를 어떻게 알아먹었겠어? 알게 뭐람. 꽈배기처럼 몸을 배배 꼬고 있었지!" 나는 A의 첫 영화로 〈시애틀의 잠 못 이루는 밤〉이 제법 잘 어울린다고 생각했다. 그가 어린 시절을 미국에서 보내서만은 아니다. 논리와 이유를 덮어놓고, 그냥 그렇다고 느꼈다.

94년생 B는 〈해리 포터와 비밀의 방〉(2002)이라고 답했다. 그가 한 이야기 중 기억나는 건 "아홉 살 때 봤어요"라는 것뿐. 놀라기 바빴다. 해리 포터 시리즈가 극장에서 본 첫 영화일 수 있다니, 우리가 친구라니!(나이와 상관없이 가깝게 지내면 다 친구다). 새삼 B와 세대 차이를 느꼈다. 그와 내가 자란 환경은 참 달랐겠다.

89년생 내 동생은 〈토이 스토리 2〉(1999)라고 답했다. "기억 안 나? 누나가 데려갔잖아. 내가 처음 본 영화라서 얼마나 떨렸는데! 집으로 돌아와 내 장난감들 발바닥에 전부 이름을 써놓았지. 밤마다 장난감들이 몰래 움직이는 상상하고 그랬어." 기억난다! 내가 스무 살 때, 어린 남동생을 종로 서울극장에 데리고 갔었다. 그 애가 얼마나 귀엽고(그 많던 귀여움은 어디로 갔을까?) 말을 잘 들었는지!

76년생 C는 〈개 같은 내 인생〉(1987)이라고 답했다. "처음에 〈우뢰매〉 단체 관람을 갔는데 나만 안 들어갔어. 나 심형래 싫어하거든. 내가 영화라는 걸 처음 극장에서 봤구나, 하고 자의식을 갖게 한 건 〈개 같은 내 인생〉이었어. 중학교 2학년 때 도덕 선생님이랑 단체 관람했지. 충격받았던 게 기억나. 어떤 기분이었느냐고? 나 이래도 되잖아. 나 나쁜 거 아니었잖아. 일기를 엄청 쓰게 만든 영화였어. 보는 동안은 거만했고, 보고 나와서는 의기소침했지." C는 말

맛이 살아 있는 싱싱한 언어로 시를 쓰는 시인이다. 그가 처음 본 영화가 〈개 같은 내 인생〉이라니! 나는 괜히 혼자 좋아했다. 영화 속 말 안 듣게 생긴 작은 소년이 얼마나 매력적이었는지 기억났다. 어딘가 C를 좀 닮았다. C는 원작인 책도 가지고 있다며, 사진을 찍어 보내줬다.

83년생 D는 〈마이 걸〉(1992)이라고 답했다. "맨 처음 본 영화는 가설극장 같은 곳에서 본 〈우뢰매 3〉인데…… 확실하게 첫 기억으로 각인된 영화는 〈마이 걸〉이었어요." 〈마이 걸〉의 서정적인 이미지와 두 꼬마의 귀엽고 애틋한 사랑 이야기가 기억났다. D는 쓸쓸하고 아름다운 시를 쓰는 시인인데, 〈마이 걸〉이라니! 그 영화가 어린 그의 마음에 어떤 충격으로 작용했을지 물어보지 않았다. 물어볼 필요도 없었다.

92년생 E는 〈에이미〉(1999)라고 답했다. "아빠가 세계적인 뮤지션이었는데, 공연 중 사고로 죽는 것을 목격한 에이미가 실어증에 걸리는 내용이었어요. 여덟 살 때 봤네요. 아직도 이 영화를 보고 나오던 길목이 기억나요. 어땠느냐고요? 너무나, 정말 너무너무 슬펐어요. 평범한 시내를 지나는 길이었는데 모든 것이 달라져 있는 것처럼 보였어요. 영화를 보기 전과 후가요." 영혼이 맑은 아이로, 감수성이 남다른 E의 첫 영화가 〈에이미〉라니, 어울렸다. 여덟 살의

E가 슬픔이 가시지 않은 채로 걸었을 길, 그 말간 풍경이 눈앞에 보이는 것 같았다. 이쯤 되면 인간이 태어나 극장에서 본 첫 영화가 그의 성격 형성과 미래의 삶에 영향을 끼치는 게 아닐까, 우겨보고 싶다.

94년생 F는 〈인셉션〉(2010)이라고 답했다. "고1 여름이었어요. 친구와 같이 〈인셉션〉을 보러 간 게 첫 기억이네요. 그 전까지는 가족들과도 영화를 보러 간 적이 없어요. 첫 경험을 너무 늦게 했죠?" 빈티지를 좋아하고, 사진을 잘 찍고, 스케일이 큰 시를 쓰고, 성정이 투명하게 맑은 F. 그의 늦은 극장 나들이가, 첫 영화로 〈인셉션〉을 본 것이 마음에 들었다.

누군가에 대해 좀 더 알고 싶다면 처음 극장에서 본 영화를 물어보라. 이야기 중에 그를 이루는 구성 성분의 '씨앗'을 보게 될지도 모르고 그가 자란 시대의 얼굴, 문화의 흐름이 같이 따라와 익숙한 듯 새로운 풍경을 보여줄 수도 있을 테니까. 그렇다면 나는 어떨까.

내가 극장에서 처음 본 영화는 〈패왕별희〉다. 1993년 겨울, 열네 살 때였다. 나는 열두 살부터 장국영의 열혈 팬이자 홍콩영화 마니아였다. 비디오 대여점을 다람쥐처럼 드나드는 애송이로서 일주일에 서너 편씩 착실하게 홍콩영화 비디오테이프를 빌려다 보았다. 그땐 플레이어에 비디오테이프를 넣고, 텔레비전과 연결해야 영화를 볼 수 있었다. 테이프가 플레이어에 걸리면 손바닥으로 기계를 탁탁 내려치기도 하고, 억지로 꺼내보려다 테이프를 망가뜨리기도 했다. 달리 재미있는 일이 없었다. 동네마다 비디오 대여점과 책 대여점이 생겨났고, 볼거리와 읽을거리를 빌리려는 사람들로 북적였다. 일찍이 누아르 취향을 견고히 쌓아온 나는 홍콩 배우들의 이름을 줄줄 꿰고 있었다. 장국영, 주윤발, 주성치, 종초홍, 왕조현, 유덕화, 알란 탐, 임청하……. 바야흐로 홍콩영화의 전성기였다. 나는 홍콩영화를 너무 많이 보는 바람에 안경까지 쓰게 되었다. 그런 내가 드디어 극장 진출을 하게 되다니! 당시 고등학생이던 사촌 언니와 극장에 갔는데, 언니가 선택한 영화가 〈패왕별희〉였다. 둘 다 홍콩영화 팬이었고(〈패왕별희〉는 중국영화지만) 장국영의 신작이라는 이유만으로도 기뻤다. 장국영인데 문제될 게 뭐란 말인가! 극장에 입성하던 날, 이런 다짐을 했던 게 기억난다. 이제부터 중요한(?) 영화는 극장에 가서 볼 거야. 나도 클 만큼 컸으니까!

극장은 캄캄하고 내밀한 곳이었다. 호두알 속의 호두가 된 기분이었다. 오밀조밀 붙어 앉은 사람들은 함께이자 혼자였다. 어두운 통로를 지나 전혀 다른 세계로 유입해 들어온 존재처럼, 모든 감각이 살아났다. 그건 확실히 방에 앉아 텔레비전 리모컨으로 비디오테이프를 재생하는 일과는 달랐다. 떠드는 사람도, 영화 보는 중간에 심부름을 시키는 사람도, 전화벨이나 인터폰 소리로 관람을 방해하는 요소도 없었다. 나는 진지하게 영화를, 영화만 보면 되었다. 극장은 영화를 대우하는 곳이자 관객을 외부의 방해 요소로부터 지켜주는 곳이었다. 나는 한두 시간 동안 영화 보는 일 외엔 어떤 일도 할 수 없으리란 걸 알았다. 돈을 지불하고 영화 속의 시간을 사는 행위에 왠지 어른이 된 것 같았다. 푹신한 의자, 딱딱한 손잡이, 거대한 스크린, 쩌렁쩌렁 울리는 음향, 화면을 가득 채운 배우들의 움직임……. 단박에 극장이 마음에 들었다.

기대했다. 그때까지 본 홍콩영화(내 경력이 얼만데!)처럼 재미있는 일이 일어나기를. 도박장에서 초콜릿을 먹고 카드를 바꾸는 초능력자가 나오거나 쌍권총을 들고 코트 자락을 휘날리는 주인공이 나오기를. 시끄럽게 떠들고 웃기고 울고 사랑하는 인간들이 등장해 내 속의 관람객과 이물감 없이 섞이기를 바랐다. 그러나 〈패왕별희〉는 단 한 번도 그런 장면을 보여주지 않았다. 나는 긴 시간 동안 어둠 속에서 몸을 꼬며 시간을 견뎌야 했다. 어린 태가 벗겨지지 않은 열네 살 아이에게 〈패왕별희〉는 지나치게 어둡고 심오했다. 어두운 이야기의 아름다움, 숨은 뜻을 알기에 나는 너무 애송이었다. 영화 속 이야기를 다 이해할 순 없었지만 잠자코 받아들였다. 이야기가 이야기로 흘러가는 순간을 어둠 속에서 지켜봤던 기억이 난다. 지금까지도 생생하게 기억에 남아 있는 장면 몇 가지가 있다. 한쪽 손가락이 여섯 개로 태어난 '두지'를 경극 배우로 만들기 위해 두지의 엄마가 아이의 손가락 하나를 칼로 자르던 장면, 혹독한 연습과 잦은 구타로 어린 배우 지망생들이 힘들어하던 장면, 진한 분장을 하고 손끝을 요리조리 뻗으며 아쟁 같은 목소리로 노래 부르던 장국영의 모습이다. 영화는 길었다. 상영 시간이 세 시간 가까이 됐다. 내가 좋아하던 배우는 낯선 얼굴을 하고 있고, 경극 문화는 생경하고, 영화 후반부로 갈수록 중국 현대사와 경극 배우의 운명, 성 정체성에 대한 인물의 혼란한 심리가 나오기에 장면만 겨우 따라가며 봤던 걸로 기억한다.

얼마 전 〈패왕별희 디 오리지널〉(2021)이 나와 다시 봤다. 눈을 뗄 수 없을 정도로 장면 장면이 흥미로웠다. 세 시간 가까운 시간이 짧게 느껴질 정도였다. 내 기억에서 사라졌던 장면들, 이를테면 영화 속에서 세 명의 인물이 자

살했고, 세 번 다 말할 수 없이 슬펐으며, 세 번 다 말로 표현할 수 없는 이유로 죽을 수밖에 없었다는 걸 1993년엔 몰랐다. 다시 본 〈패왕별희〉는 사랑의 쓸쓸함을 말하고 있었다. 그토록 사랑했지만 사랑에서 빗겨 날 수밖에 없는 일들에 대해서, 꽃잎처럼 쉽게 뒤집어지지만 바위처럼 변하지 않는 어느 한때의 마음에 대해서 말하고 있었다.

극장에서 본 첫 영화가 〈패왕별희〉란 게 마음에 든다. 부지불식간 내 몸에 스며들었을 어둠으로 인해 사랑에 종종 맹렬해지는 점, 경극 배우 같은 동작으로 종이 위를 서성일 때가 있다는 점이 맘에 든다.

우리가 본 영화들은 우리를 통과해 지나가지만, 모두 다 가버리는 건 아니다. 어떤 장면, 어떤 대사, 인물의 눈빛, 목소리, 배경, 음악 그리고 영화를 보던 시간이나 장소, 마음의 일렁임은 우리 안에 머문다.

은둔자

자꾸 손을 다친다. 또 손을 다칠 것이다. 설거지하다, 고양이 똥을 치우다, 종량제봉투를 묶다 손을 다친다. 창밖을 바라보며 생각한다. 왜 손을 다치는 거지? 부주의한 멍청이. 손을 많이 사용하니까 손을 다치는 거지. 날아가는 꾀꼬리가 말한다(사실 꾀꼬리는 없다).

손을 다치는 이유는 손을 사용하기 때문이다.

마음을 다치는 이유는 마음을 사용하기 때문이다.

사람들은 마음을 쓰고 싶지 않을 때 숨는다. 정확히는 마음을 다치고 싶지 않을 때 숨는다. 요새는 마음뿐 아니라 몸을 다치지 않기 위해 숨어야 한다. 전염병이 돌고, 타인은 가까이하면 병을 옮길 수 있는 (위험한) 존재가 되었다. 우리가 서로를 만나는 건 위험을 무릅쓰고 만나는 것이다. 얼굴을 가린 채 집을 나서고 버스를 타고 거리를 걷다가 무릅쓸 용기를 낸 사람들끼리 마스크 속 얼굴을 보여주는 거다. 속살처럼.

얼마 전 친구와 덕수궁을 갔다. 겨울인데 볕이 따뜻해 걷기에 좋았다. 화단 근처를 지나는데 벤치 위에 큰 글씨로 이런 문장이 쓰여 있는 걸 보았다.

옆 사람과 거리 두기.

노란 바탕에 흰색으로 쓰인, 여덟 글자를 한참 내려다보았다. 문장의 양 끝엔 서로 다른 방향을 표시한 화살표까지 그려져 있었다. 이쪽과 저쪽. 끝과 끝을 향해 앉으라는 표시. 벤치 위에 이런 문장이 쓰인 시대를 살고 있구나. 사진을 찍어두었다. 2021년 12월이었다.

사람들은 다치고 싶지 않을 때 숨는다.

어릴 때 나는 잘 숨는 아이였다. 위급할 때 몸을 둥글게 말아 사라질 수 있었다. 눈물과 콧물을 바꿔치기할 수 있었다. 소리를 지르는 사람을 위해 귀를 수십 개로 분할할 수 있었다. 눈멀고 귀먹은 시간의 한 페이지에 뛰어들어 스스로 과거가 될 수 있었다. 시간을 고무줄처럼 늘리거나 줄일 수 있었다. 시간으로 줄넘기를 할 수 있었다. 발 없이 머리로만 도망칠 수 있었다. 생각으로 멀리 갈 수 있었다. 사건이 일어나기 전에 죽을 수 있었다. 죽기 전에 잊을 수 있었다. 잊기 전에 태어나지 않을 수 있었다.

내 꿈은 토큰 가게 주인이 되는 것이었다. 생활형 은둔자로서 숨은 채, 돈을 벌 수 있는 직업이라 여겼던 것 같다. 나는 생존에 대해 오래 그리고 많이 생각하는 아이였을까. 사는 게 간단치 않다는 건 알았다. 은둔은 생존과 관계가 깊다.

숨는 걸 좋아하는 사람은 커튼이 필요한 자다. 언제, 어디서나 숨고 싶을 때, 하늘에서 커튼이 내려와 자신을 감싸주기를 바라는 자다. 필요한 자는 필요한 걸 만들게 되어 있다. 상상이나 망상이나 환상을 이용해서라도, 언제 어디서든 내려오는 커튼.

나는 오랫동안 커튼을 들고 다니는 자였다. 언제든지 숨을 자세가 되어 있는 자. 커튼이 있다고 생각해야만 낯선 사람을 만날 수 있는 자.

낯선 사람을 보거나 낯선 환경에 처할 때는 긴장이 된다. 왜냐고? 고양이에게 왜 만사에 경계심을 갖느냐고 물어보는 일처럼 어리석은 질문이다. 살기 위해서, 위험에서 벗어나기 위해서, 생존을 위해서 그러는 거다. 은둔은 생존과 관련 있다.

어른이 되고 나서는 세상에서 편히 숨는 법을 배웠다. 익명이라는 물결 속에 내 이름을 끼워 넣기. 처음 가는 카페에 들어가 낯섦에 몸을 던지기. 바다처럼 익숙하고 바다처럼 생경한 곳에서 헤엄치기. 도시는 숨기에 가장 완벽한 곳이다.

현대사회에선 혼자 있고 싶어 하는 모두가 은둔자다.

정말 보고 싶은 영화나 공연이 있을 때는 혼자 간다. 숨기 위해서. 작품 곁에 나만 놓기 위해서. 책을 혼자 읽는 것처럼. 이때 모르는 사람들(익명들)은 커튼이 되어준다. 현대사회에선 모르는 사람이 안전벨트가 되어주기도 한다. 그들이 나를 해칠 위험이 없다고 믿는다는 가정 아래, 모르는 사람 곁에서 자유를 느낀다. 사람이라는 물결, 파도, 익숙하고 낯선 바다. 누구도 나를 모를 테고, 누구도 나를 바라보지 않으리란 믿음.

글을 쓸 땐 숨고 싶고, 발표한 뒤엔 숨은 채로 만천하에 드러나고 싶다. 숨은 채로 만천하에 드러나다니? 모순이라는 가면을 쓴 도둑!

큰 슬픔이 왔을 때는 혼자 있고 싶다. 몸이 휠 것처럼 마음이 아플 때, 그때만큼은 한사코 혼자이고 싶다. 아버지의 장례를 마치고 장지에서 돌아오던 저녁. 오늘밤은 모두 같이 보내자고 식구들이 제안했을 때, 나는 혼자 사는 집으로 돌아가겠노라 우겼다.

그날 밤 드디어 혼자가 되었고 나는 은박지처럼 구겨져, 비로소 슬퍼할 수 있었다.

슬픔이 '사건'으로 지나간 후, 그다음 여진처럼 밀려드는 자잘한 슬픔(혹은 개켜진 슬픔)은 타인과 나눌 수 있다. 감당하기 버거운 슬픔 앞에서라면 한사코 혼자이고 싶다.

숨어 있는 사람은 작은 사람이다.

숨어 있는 자에게 스웨터를 선물하자.

은둔은 사람을 자유롭게 한다. 먹지 않고 입지 않고 사지 않고 자지 않고 만나지 않고 놀라지 않고……. 무언가를 하지 않을 자유는 할 수 있는 자유보다 더 자유롭다. 그렇지 않은가? '아무것도 안 할 자유'를 얻기 위해 사람들은 부자가 되고 싶은 것 아닌가?

은둔의 최고봉은 여행이다. 나를 알지 못하는 세상으로 이적하기. 그곳에선 나를 알아보는 사람도 없고, 나라고 생각했던 나도 없다. 여행을 좋아하는 사람은 자신을 지우는 걸 (꽤) 좋아하는 사람이다.

다치고 싶지 않을 때 숨는다.
그것은 생존과 관련이 있다.

괴팍한 디제이의 음악 일기

봄날 새순을 보고 '하' 입을 벌린다면, 날벌레가 들어가는 것도 모르고 입을 벌리고 서 있다면 병이 난 거다. 나무들의 엉클어진 머리카락, 그 잎잎이 가락으로 들린다면 중병 든 거다. 목련나무의 흰 몽우리, 허공을 뾰족이 찌르고 있는 모습이 음악으로 들린다면, 죽어 다시 태어나는 수밖에 없다. 무엇으로? 하는 수 없이 시인으로. 내가 '하는 수 없이'라고 쓴 이유는 시인으로 사는 일이 뭐, 대단히 좋은 일은 아니기 때문이다(도망).

열두 살 때 꿈은 디제이였다. 조곤조곤 이야기한 뒤 근사한 음악을 틀고, 턱을 괴고 앉아 있고 싶었다. 세상을 향해, 밤에 깨어 있는 자를 향해, 오래된 벽이나 무너지지 않고 버티는 지붕에게, 병든 자와 건강한 자에게, 사랑이 필요하다고 혹은 필요 없다고 외치는 자에게, 말과 음악을 동시에 보내고 싶었다.

반쯤 꿈이 이루어졌나? 시를 종이에 옮기고 사람들에게 보이는 일. 디제이의 일과 크게 다르지 않다. 나는 디제이다. 내 시는 내가 쓰고 당신이 연주하는 음악이다.

내 방에서 음악과 시는 양립할 수 없다. 집중해서 글을 쓸 때는 음악이 불편하다. 음악은 나를 압도하는 옷이다. 음악을 듣다가도 시가 오면 볼륨을 줄인다. 더 분명하게 시를 느끼면 성급하고 무례하게 음악을 끈다. 집중이 필요한 순간 음악은 방해물이 된다. 너무 크고 또렷해서다.

글을 쓸 때는 음악에게 괴팍하게 군다. 긴 글을 집중해 퇴고할 때는 음악을 싫어한다. 산문을 쓸 때도 산문이 시의 휘장을 두르고 싶어 하면 음악을 끈다. 음악은 아름답지만 종종 내게 배척당한다. 나는 내킬 때만 음악을 귀여워한다. 필요로 하지 않는다. 그건 내가 음악에 무지하기 때문일 수도, 이미 음악이기 때문일 수도.

음악은 시와 같은 채널을 쓰려 한다. 두 개의 음이 서로 짖겠다고 대들면 피로하다. 나는 시를 선택한다. 시가 내 주파수이기 때문이다. 몰두할수록 소리에 예민해진다. 온갖 소리가 싫어 물속으로 들어가고 싶어진다. 물속에서 계속, 쓰던 것을 쓰고 싶다.

토요일 정오에 글을 쓰러 가는 카페가 있다. 작고 조용한 카페다. 배경으로 가사가 없는 서정적 음악이 흐르므로 방해 없이 작업에 몰두할 수 있다. 그런데 어느 날부터 클래식기타를 연습하는 사람 둘이 온다. 주인은 아예 오디오를 끄고 그들이 연습하게 놔둔다. 그들의 연주는 훌륭하다. 좋아하는 손님이 많다.

하지만 나는 그들에게서 기타를 빼앗고 싶다. 나가라고, 나가서 치라고 소리 지르고 싶은 걸 참는다. 견디다 견디다 짐을 챙겨 나온다. 글을 쓸 때 살아 날뛰는 음악은 나를 미치게 한다. 음악이 내 의지와 상관없이 문장 위를 뛰어다니고, 글자들을 찌그러뜨리고, 아무렇게나 리듬을 바꿔놓는다. 앞으로 가고 있는 말들을 불러 세우고, 자꾸 뒤돌아보게 한다.

> 음악은 공간을 순수한 울림으로 가득 채우려 한다. 그것은 순수한 공간에서 말이 최초의 말처럼 그렇게 들리게 하려는 의도는 아닐까? 종종 음악은 말을 잠재우려고 한다. 말을 잠 속에 붙잡아두려 한다. 말이 태초의 말에 의해 불려내지고, 음악과 말이 태초의 말에 의해 하나로 흡수될 때까지. "음악은 꿈을 꾸면서 비로소

울리기 시작하는 침묵이다"(『침묵의 세계』). 그러나 음악은 말을 꿈꾼다. 음악은 말의 언저리를 꿈꾸며, 말을 위해서 꿈꾼다.◇

짐을 챙겨 카페를 나오는데, 내 귀는 상황 파악을 하지 못하고 클래식기타 곁으로 달려간다. 나는 화가 나 있다. 저 음악이 이겼다.

스물두 살 때, 동네 슬롯머신 가게에서 아르바이트를 했다. 믿을지 모르겠지만 들어가 면접을 보고, 집으로 돌아갈 때까지 피시방인 줄 알았다. "피시방 사장님이 내일부터 나와서 일하래." 집에 알리고, 다음 날 출근해서도 정말 피시방인 줄 알았다. 일을 하나씩 배울 때서야 슬롯머신이 보였다. 눈썰미가 없고 어리숙하고 쓸데없이 순진했다.

저녁 6시부터 새벽 2시까지 카운터에 앉아 있으면 일당으로 3만 원을 받았다. 손님들이 돈을 많이 잃은 날이면 만 원, 2만 원씩 더 받기도 했다. 홀에는 세 명의 남자애들이 있었다. 나보다 한 살 어린 L, 나와 같은 나이인 S와 K가 홀을 뛰어다니며 일했다. 기계에서 팡파르가 울리면 "1번

◇ 막스 피카르트, 『인간과 말』, 배수아 옮김, 봄날의책, 2013, 61~62쪽.

사장님, 나이스! 축하드립니다!" "3번 사장님, 5만 원 경품 드립니다." "8번 사장님, 멋쟁이! 20만 원 경품 올려드립니다"라고 외치며 손님 테이블에 경품을 올려두는 게 그들의 일이었다. 그들은 소리 높여 손님들을 응원하고(돈을 잃어 주기를!) 누가 며칠 전 얼마를 따 갔는지 상황을 보고하여 희망을 돋워주었다. 괜스레 손님 옆에서 춤을 추거나 아부하기도 했다. 팁을 받으려고 그런 거다. 손님들은 오직 한 곳만 바라봤다. 슬롯머신 화면만. 그들에겐 그 화면이 세상의 전부였다. 그들은 나를 성가시게 만든 적도 없다. 내 성姓과는 상관없이 '미스 김'이라 부르며 경품을 현금으로, 큰돈을 잔돈으로 바꿔주기만을 바랐다. 착하고 우직한 어른들이었다. 이따금 가게에 들러 "팬티 사 줄까?" 능구렁이같이 묻고는 휙 사라지는 사장보다 착한 사람들이었다. 30만 원에서 40만 원 정도의 돈을 다 잃으면 머리를 긁적이면서 "내일 다시 올게" 하며 나가거나 "씨발 운 되게 없네" 자기 운수를 탓하며 일어섰다. 빵집 사장은 부인이 세 번이나 찾아와 끌려 나가기도 했다.

그곳에서 세 달 동안 일하며 남자애들과 친해졌다. 코란도를 애지중지하며 몰고 다니던 K는 자동차 딜러가 꿈이었다. 늘 시시콜콜한 거짓말을 했다. 순전히 재미로 그랬다. 자기 구두가 80만 원이나 하는 페라가모 구두라고 했는데 뻥이었다. 미스코리아 여자친구가 있다고 했는데 뻥이었다. 슬픈 노래를 흥얼거리다 달려와서 자기 눈물(침)을 보라고 장난치기도 했다. 웃기는 애였다.

K와 함께 친구들이 있는 곳으로 이동하는 날이었다. 둘이 코란도를 타고 새벽 도로를 달렸다. 새벽에 자가용을 타고 도로를 달리는 일은 당시 내게 처음이었으므로 몹시 신났다. K는 다양한 음악을 알았다. 늘 자기가 좋아하는 음악에 대해 장황하게 설명을 늘어놓았다. 그날 차 안에서 K가 들려준 음악은 X-Japan의 멤버, 요절한 천재 가수 히데의 〈로켓 다이브〉였다. 우리는 귀가 찢어질 정도로 음악을 크게 틀고, 소리를 지르며 달렸다. 로켓이 곧 발사될 것 같은 음악. 금방이라도 하늘로 날아오를 것 같았다. 아, 이렇게 음악을 들으며 미친 듯이 달리다 쾅 부딪쳐 죽어도 좋겠다고 생각했다. 진심으로. K에게 말하자 대번에 자기는 싫다고 "너나 꺼져!" 하고 외쳤다. 그리고 웃었다. 죽음은 시끄러운 노래 가까이 있을지도 모른다. 죽음이 자연스럽게 개입해도 모를 정도로 시끄러운. 그날 K의 차 안에서 〈로켓 다이브〉를 세 번 더 들었다. 굳이, 괜찮다고 했는데도 K가 자동차를 180도로 회전해 세우는 기술을 보여주었다. 죽을 뻔했는데 죽진 않았다.

그곳에서 일하며 나는 S와 키스한 적이 있다. 별 사이는 아니었다. 두 형에게 늘 놀림을 당하던 L은 군대에 갔고, 종종 나에게 편지를 보냈다. 자기가 얼마나 힘든지, 많이 울었는지 종이에 떨어진 눈물 자국을 찌그러진 동그라미로 표시해 보냈다. 다섯 군데가 넘었던 것 같다. 나는 가끔 답장을 보냈다.

3년 뒤 공원에서 S를 만난 적 있다. 삼성전자 수리 기사가 되었다고 했다. K는 어떻게 지내는지 모른다. 딜러가 됐을까? 시간이 지나고 나니 가장 궁금한 게 K다. 유쾌한 K. 어떻게 나이 들었을까? 나는 그 애의 웃는 모습, 떠드는 모습, 욕하는 모습, 춤추는 모습, 노래하는 모습, 자동차를 180도로 회전해 세우는 모습, 히데를 찬양하는 모습, 거짓말하는 모습, 좋아하는 여자와 키스만 한 시간 했다고 자랑하는 모습(거짓말인지도 모른다)밖에 몰랐다.

K의 코란도 안에서 들은 〈로켓 다이브〉는 음악을 듣다 죽어도 좋겠다고 생각한, 처음이자 마지막 노래다. 이따금 혼자 들으면 다시 스물두 살로 돌아간 기분이 든다. 누가 나를 꾹 누르면 로켓처럼 하늘로 발사될 것 같았던 그때.

그들이 보고 싶다. 책이라곤 한 권도 안 읽는 애들이라 아무도 이 글을 볼 순 없겠지만. 그들은 내가 시인이 되었다 하면 배를 잡고 웃을 것이다. 왜 그런 게 됐어? 물을 것이다.

시는 언제나 음악을 향한다. 올라갈지 내려갈지 결정하지 못한 채 음표들은 달린다. 내 시들은 뒤에서 음표가 따라오는 것을 싫어하고, 또 즐기고, 짜증 내다가 당신 앞에서 합쳐진다. 나는 그것을 바깥에서 지켜보며 즐거워한다. 때로 불편해한다.

시를 쓸 때는 노력하지 않는다. 그냥 내가 된다. 꼭 맞는 옷을 입고, 혹은 벗고, 섹스하는 것 같다.

베토벤의 음악은 말처럼 달려온다. 언제나. 그의 음악은 흐르는 것을 넘어선다. 언제나. 나는 베토벤의 손끝에서 탄생한, 괴팍한 영혼의 가장자리를 찢고 튀어나오는 선율을 사랑한다.

15년 전, 고시원에서 두 달간 산 적이 있다. 그곳에서 베토벤의 〈템페스트〉를 들었다. 그때 우는 게 뭔지 알았다. 운다는 건 달리는 거구나. 없는 말을 타고, 흐느끼며 달리는 거구나. 영혼이 갈라지는 것을 느끼며 신나게 달리는 일이구나.

음악은 시보다 강렬하다. 그건 뒤바뀔 수 없는 선율이며 선고이기 때문이다. 시가 사형선고라면 음악은 사형 집행이다. 바꿀 수 없다.

40일 동안 호주에 있을 때 나는 경미하게 향수를 앓았다. 즐겁게 지내다가도 시드니 교외에 어둠이 내리면 기분이 가라앉았다. 그럴 때 멜랑콜리를 더 느끼고 싶어서 음악을 듣거나 와인을 마셨다. 둘 다 나를 쉽게 취하게 했다. 음악이 더했다. 언제나 음악이 더했다. 향수를 앓는 자에게 음악은 마약성진통제다. 환각에 빠져 슬픈 사람은 더 슬프게, 기쁜 사람은 더 기쁘게 한다.

한밤중에 듣는 음악은 불안을 싣고 달리는 트럭이다.
조심하지 않으면 치일 수 있다.

내 사랑은 작은 조약돌 같아서

지난여름 아기 고양이를 파양했다. 집고양이 당주와의 합사에 실패했기 때문이다.

두 문장을 쓰고 나니 괴롭다. 사실이지만 그게 진실의 전부는 아니다. 진실에게 전부란 얼마만큼의 크기이며, 가늠할 수 있기는 한 걸까?

한동안 아기 고양이 '니체' 생각에 마음이 아팠다. 하필 20세기를 가로지르는 대大철학자의 이름을 고양이에게 지어준 남편을 원망했다. 큰 이름 때문에 당주와 어우러지지 못한 게 아닐까, 이런 생각까지 한 게다. 고등어 무늬 털을 가진 니체는 태어난 지 2개월로 책장 맨 아래 칸에 꽂힌 책들 위에 작은 몸을 누이고 잤다. 역시 철학가의 면모를 보여주나 싶었다. 우리는 그에게 밥과 물, 따뜻한 잠자리와 사랑을 주었다. 한 주가 지나자 털에 윤기가 흐르고 작은 몸통에 살이 올랐으며 아기답지 않게 늠름했다. 니체에겐 카리스마가 있었다. 그런데 싸움을 싫어하는 '파주 물주먹' 당주와의 합사 과정이 어려웠다. 니체는 '광개토대왕'이란 별명을 얻으며 영역을 넓혀갔고 당주는 화장실이나 침대 아래로 피신해 나오지 않았다. 끝내 합사는 실패했다. 다행히 니체는 좋은 가정으로 바로 입양을 가 여전히 니체란 이름으로 잘 지내고 있지만, 내 마음은 오래 뒤척였다.

겨울 초입, 단골 카페 사장님에게 연락이 왔다. 길에서 울고 있는 7개월 된 유기묘를 구조했는데 있을 곳이 없다고 했다. 이 아이를 둘째로 들이면 어떻겠느냐고 물었다. 나는 합사에 실패한 전적이 있기에 거절하려 했다. 사장님은 입양을 안 해도 좋으니 와서 고양이를 보기만 하라고 했다. 너무나 예쁜 검은 고양이인데, 당주가 흰 고양이니 둘이 같이 있으면 얼마나 예쁘겠느냐고. 이 말에 마음이 동한 건 사실이다. 흰 고양이와 검은 고양이가 함께 창밖을 바라보는 상상을 해보았다. 둘의 나란함이, 흑백의 조화가 얼마나 아름다울 것인지!

인간의 욕심(귀여움을 두 배로 누리게 되리란 욕심, 이번엔 합사가 잘될 것이라는 기대!)을 앞세워 검은 고양이를 입양하기로 했다. 다시 시작이었다. 합사 매뉴얼대로 일정 시간 완전 격리하기, 냄새 교환하기, 방 바꿔 지내기, 장애물을 사이에 두고 시선 교환하기, 방문을 사이에 두고 간식 먹이기, 기분이 괜찮을 때마다 서로 마주치게 하기를 여러 날에 걸쳐 실행했다. 니체와의 합사 때도 똑같이 했었다. 그때와 달라진 게 있다면 집사인 내 마음가짐뿐이었다. 나는 험악한 분위기, 그들의 예민한 감정 변화와 '하악질'에 초연하리라 마음먹었다.

남편은 이번에도 커다란 이름을 가져왔다. 독일 대문호 헤르만 헤세의 이름을 따 '블랙 헤세'라고 부르자 했다. 니체보다는 작은 이름이라나(과연?). 앵두나 체리처럼 소박하고 귀여운 이름을 지어주고 싶었지만 매력적인 검은 고양이에게 '헤세'란 이름이 근사하게 어울렸다. 헤세는 눈이 특히 아름다웠다. 검은 씨앗 같은 동공을 에메랄드빛이 감싸고, 다시 그 주위를 노란빛이 감싸고 있어 여러 겹의 아름다움이 층을 이룬 듯 보였다. 품에 안고 있어도 발버둥치지 않았고 무던한 성격이었다.

흰 고양이가 있다. 내 첫 고양이 당주다. 검은 고양이가 있다. 내 두 번째 고양이 헤세다. 나란히 앉으면 흑과 백의 피아노 건반처럼 고요하고 아름다워 보일 텐데…… 둘은 거리를 유지한 채 마주 보고 있다. 혹시 바둑판 위에서 흰 돌과 검은 돌이 탁, 탁, 자기 차례에 맞춰 내려앉는 모습을 지켜본 적 있으신지? 소란이 없을 뿐, 그야말로 피 튀기는 전쟁터의 싸움인 흰 돌과 검은 돌의 격돌. 돌 하나하나가 활이고 폭탄이 되는 움직임이다. 당주와 헤세는 바둑판의 돌들처럼 대치하다 뒤엉켜 싸우고, 잡고 쫓기느라 거실을 휘젓고 빙빙 돈다. 집을 많이 지어 갖는 자가 이기는 바둑처럼, 고양이들 역시 자기 영역을 지키려는 마음으로 살벌하다. 상대가 제 영역에 침투한 게 마음에 들지 않아 당주는 화가 나 있고, 낯선 영역에서 살아남아야 하는 헤세는 당주에게 덤빈다. 둘 다 '살아남는 일'에 대한 불안이 있다. 싸우고 싶지 않지만 불안이 그들을 싸우게 한다. 인간 역시 불안 때문에 누군가를 시기하고, 걱정과 화를 품은 채 동동거리며 하루를 살지 않는가.

헤세가 집에 온 지 한 달이 다 되어간다. 여전히 나는 이 작고 새로운 존재에 대해 어려움을 느끼고 있다. 내 첫 고양이 당주의 의기소침 앞에서, 분노와 좌절, 불안 앞에서 쩔쩔매게 되기 때문이다. 남편은 나보다 더 공정하고 느긋해 보인다. 그는 당주와 헤세가 싸울 때 중심을 잡고 바라보는 편이다. 나는 대나무처럼 마음이 한편으로 휘어지며

겁에 질린다. 내 겁의 정체는 무엇인가? 나는 당주의 슬픔, 걱정, 당주가 내게 느낄지도 모를 배신감이 겁난다. 당주가 내 사랑을 의심하고 슬퍼할까 봐 겁이 난다.

두 마리의 고양이, 꼬리가 교차하는 길목에서 사랑의 비겁함을 생각한다. 시간과 장소, 상황에 따라 시시때때로 변하는 사랑의 얼굴을 생각한다. 사랑의 나누어짐, 사랑의 쪼개짐이란 얼마나 어려운가. 내 사랑은 작은 조약돌 같아서 아무리 던져도 쪼개지지 않는다. 아직 내 마음은 만난지 한 달이 채 안 된 헤세보다 스무 달을 가족으로 산 당주에게 기울어져 있다. 당주를 힘들게 하고 있다는 죄책감, 노파심으로 변질된 사랑이 마음을 탁하게 하고 있다. 생각 끝에 깨달았다.

우리의 불안 속에 합사의 어려움이 있다!

나는 두 고양이 중 하나를 선택할 필요가 없다. 둘 다 내 고양이다. 나는 당주를 우선 걱정하고, 당주 중심으로 생각해왔다. 둘 중 하나를 선택할 필요가 있는 것처럼 행동한 것이다. 합사가 안 될 거라고 짐작하며 불안해했다. 이런 마음을 당주도, 헤세도, 나도 알고 있다. 둘이 잘 지내게 하려면 우선 내 걱정을 없애야 했다. 내 걱정의 흘러넘침이 두 고양이에게 구정물을 튀기지 않도록. 내가 믿지 않는 평화를 두 고양이에게 믿게 할 순 없다.

사랑의 공정함에 대해 고민하지 않기로 한다. 그보다 사랑이 다른 얼굴과 빛깔로 도착한다는 것을 믿기로 한다. 헤세는 태어난 지 고작 7개월 만에 유기된 아이다. 겁이 났을 테고 온전히 존재를 인정받은 경험이 없을 게다. 당주 역시 겨우 두 살 반, 한 살 때 우리 집에 오기 전까지는 유기와 방치, 길 생활, 입양과 파양을 거치며 세상이 녹록지 않음을 몸으로 배웠을 게다. 아이들은 순진하고 무구한 반면 본능적으로 알고 있다. 언제든지 나쁜 일이 일어날 수 있는 게 세상이란 것을.

시간을 들여 사랑을 보여줄 수밖에 없다. 살아가는 데 나쁜 일만 일어나는 것은 아님을, 얼마든지 좋은 일이 일어날 수 있다는 걸 보여줘야 한다. 내 할 일은 기다림뿐이다. 사랑이 현재에 깃들어 있다는 것을 보여주면서 기다리는 일. 이곳은 안전한 곳이고 너희 둘 중 누구에게도 나쁜 일은 일어나지 않을 거라고 두 고양이에게 소리 내어 말해준다. 동물은 눈빛, 표정, 행동, 소리로 많은 것을 알아챈다. 그들은 내 마음을 느낄 수 있다.

고양이를 '밤'이라 불러본다. 밤은 아름답다. 밤은 높은 곳에 있다. 밤은 자기 영역을 소중히 여긴다. 밤은 기분이 좋을 때 눈을 느리게 감았다 뜬다. 밤은 사라졌다 나타난다. 밤은 누군가와 친해지는 데 시간이 걸린다. 밤은 비밀이 많다. 밤은 신중하다. 밤은 깊고 고요하고 아름답다. '밤'의 자리에 '고양이'를 넣어보고 흡족해한다. 무언가를 이루는 데 큰 어려움이 따르는 건 그 일의 가치 역시 크다는 뜻일 게다. 천천히 시간을 들여야 누릴 수 있는 귀함이 그 어려움 뒤에 온다는 걸 믿어야 한다.

나는 지금 실패를 간직한 채 새로이 시작하는 중이다. 마음에 넥타이가 있다면 느슨히 풀고 먼 곳을 바라봐야지. 마음에 커튼이 있다면 활짝 열어두겠다. 커튼 틈으로 왔다 나가는 것들을 바라보겠다. 바람, 시간, 열리고 닫히는 마음들.

당주와 헤세는 멀찍이 떨어져서 잠들어 있다. 각자의 방식으로 불안을 녹이면서.

집이라는 우주

당신이 바라는 게 집에 대한 애정이 뚝뚝 묻어나는 자의 깨끗하고 안전한 '우리 집 찬양기'라면 곤란하게 됐다. 쓸고 닦고 애지중지하여, 먼지 한 톨 없이 말끔한 집으로 가꾸는 재주가 내겐 없다. 가꾸는 재주는 없으나 향유하는 재주는 있으니, 집을 누리며 떠오른 생각들을 퀼트 조각처럼 늘어놓아보겠다.

몸은 집을 원한다

사실 나는 재미있는 일은 집 밖에 있다고 생각하는 사람이다. 외출은 즐겁고 여행은 설레고 모험은 짜릿하니, 행복을 느끼려면 밖으로 나가야 한다고 믿는 사람. 그런데 몇 년 전부터 미세먼지와 황사 탓에 봄소풍 가는 길이 녹록지 않아지더니, 언제부턴가 전염병까지 더해져 집 밖을 나가는 게 위험한 일이 되어버렸다. 외출은 불편하고 여행은 어렵고 모험은 꿈도 못 꾸게 되었으니, 생각을 바꾸기로 한다. 바깥세상을 즐길 수 없다면 집 안을 즐길 수밖에. 집은 내 입맛대로 가꾼, 내 세상이 아닌가!

사람들은 아무리 좋은 곳을 여행하고 와도 집에 들어서는 순간 이렇게 외친다. "집이 최고야! 역시 집만 한 곳이 없어." 왜일까? 집에 관해서라면 모르는 게 없고 특별할 게 없으며, 다만 편안할 뿐인데? 방금 말한 대목에 답이 있다. 편안함. 집은 세상 어느 곳보다 편안함을 준다.

새로운 곳을 여행하는 사람은 처음 겪는 환경과 예측할 수 없는 상황 탓에 스트레스를 받는다고 한다. 뇌가 긴장 상태에 놓이는 거다. 이런 자극 때문에 여행을 좋아할 수도 있지만 '몸'은 다를 수 있다. 몸은 하던 일을 계속하려는 경향이 있다. 정신과 별개로 말이다. 가령 운동을 하지 않던 사람이 내일부터 매일 러닝을 하겠다고 결심하지만(정신의 일), 막상 당일이 되면 하지 않는 경우(몸의 일)처럼 말이다. 대부분의 날 동안 집에 적응하여 무리 없이 먹고 자고 쉬어온 몸이 여행이 끝나고 집에 돌아오는 순간 안도하는 건 당연한 일이다. 몸은 익숙한 환경을 좋아하게 되어 있다.

철없이 바란다

집에게 듣는 귀가 있다면 이렇게 말하고 싶다.

부디 바라노니 스스로 깨끗해지기, 때에 알맞은 불빛으로 조도 맞춰놓기, 적당한 온도와 습도를 유지하기, 정리 정돈 잘하고 어질러진 게 있다면 알아서 치우기, 계절에 맞춰 푹신하고 깨끗한 이불로 갈아놓기, 이왕이면 요리도…….

'요리도'라고 쓰는 순간 달아난 내 염치가 떠오른다. 맞다, 염치없는 얘기다. 논리를 생각하면 그 반대가 되어야 마땅할지 모른다. 집이 나를 위해 무얼 해주길 바라기 전에, 내가 집을 위해 무얼 할지 생각해야 옳을 테지. 그러나 나란 사람은 염치를 잘도 놓치는지라, 종종 집에게 말도 안 되는 걸 바라게 된다. 바라건대 집이여, 나를 돌보라. 나를 위해 존재하라.

무질서한 질서

어느 집이나 질서가 있다. 무질서해 보이는 집일지라도 나름의 질서가 있다. 언제나 약간은 어지럽혀져 있는 상태, 그게 우리 집의 질서다. 남편이 양말을 뒤집어 벗어놓거나 바지를 벗어 아무데나 올려두어도 나는 화내지 않는다. 왜냐하면 나도 똑같이 그러기 때문이다. 우리 중 누구도 청소에 관해 잔소리하지 않는다. 둘 다 청소에 열을 올리는 타입은 아니다. 둘 다 적당히 어지럽혀진 상태를 잘 받아들인다. 이런 걸로 우리는 싸운 적이 없다. 다만 언젠가 대화를 나누다 놀란 적이 있다.

나: 자기는 집을 어지럽히며 일하는 거, 책을 막 쌓아두고 일하는 거 좋아하지?

남편: 아니, 나 깨끗한 거 좋아하는데?

나: 정말? 나도 깨끗한 거 좋아하는데?

남편: 음, 그런데 왜 우리 집은 안 깨끗하지?

이상하지만 이게 우리 집의 질서다. 둘 다 깨끗한 걸 좋아하는데 지저분한 상태를 유지하며 별일 없이 살 수도 있다. 좋아한다고 다 가질 수야 있나! 그리고 우리는 지금 우리 집의 질서를 좋아한다.

진짜 집주인

청소와 정리가 집의 용모를 결정한다. 편안함을 추구하는 우리 집의 용모는 알아서 상상하시길! 매일, 매주, 매달 책이 늘어나는 집은 정리 정돈이 어렵다. 책이 있는 집과 책을 보는 집은 또 다르다. 우리 집의 경우 각 방은 물론 거실, 소파, 식탁, 침대, 부엌, 욕실, 창고, 신발장 앞에도 책이 있다. 책은 우리가 키우는 '반려사물'이나 마찬가지다. 책도 사람처럼 들고 나며 움직일 수 있다. 책도 살고 죽을 수 있다. 책도 사람처럼 잊힐 수 있다. 존재감을 뽐내며 으스댈 수 있다. 책도 (스스로) 집을 어지럽힐 수 있다. 숨거나 사라질 수 있다. 아무리 찾아도(정말 책 제목을 부르며 찾아다닌다) 나타나지 않을 수 있다. 그러다 어느 날 문득 돌아올 수 있다. 필요할 때마다 매번 숨는 책도 있다. 말을 안 듣는 책이 있다! 우리 집 책들은 정말이지 '자유의지'를 가진 듯 보인다. 사람만 집의 주인이 되는 게 아니다. 물건이나 가구, 책도 집의 주인이 된다. 웬만해선 집을 비우는 일도 없으니 그들이야말로 터줏대감, 진정한 주인이다.

방과 밤

문을 닫는 순간 방은 비밀 장소가 된다. 모든 방은 비밀을 간직하고 있다.

밤에 내 방은 비로소 아늑해진다. 노란 튤립 한 송이가 책상 위에 놓여 있다. 책상 오른쪽엔 내 산문집 두 권이 놓여 있다. 책상 왼쪽에는 치즈 한 장과 와인 한 잔, 읽다 만

책 두세 권, 가운데엔 노트북과 모래시계와 항아리 향초가 놓여 있다.

남편은 보통 늦은 저녁에 잠들어, 새벽이 다 닳아 사라지기 전에 깨어난다. 자정 전후의 시간, 이 집에서 깨어 있는 자는 나 혼자다. 밤에 혼자 깨어 있다는 건 세상에 혼자 남아 있는 일과 비슷하다. 오롯이 혼자가 되는 이 순간을 좋아한다. 어딘가에는 이렇게 혼자 남아, 밤을 지키는 자가 많을 테다. 옆에 식구들의 평온한 잠이 있기에 안도할 수 있는 밤. 밤의 문지기를 자처하여, 고독과 고요를 곁에 앉히는 시간이다.

나는 방의 주인이자 밤의 주인이다. 한쪽 벽엔 구본창 사진작가의 작품이 걸려 있다. 흰 치마를 입고 샌들을 신은 여자의 하반신 사진이다. 시적 상상력을 고양시키기 때문에 곁에 두고 자주 들여다본다.

마감이 급박한 원고를 집중해서 쓰는 때도 밤이다. 한낮에 카페에서 랩톱으로 슬렁슬렁 쓰다 말다 하던 원고를 밤에 내 책상 위에서 제대로 집필한다. 내 방은 데드라인에 대처하는 자세에 길들여져 있다. 방 주인의 예민함과 초조함에 도가 텄다. 나는 언제나 다른 곳에서 작업을 하다가도 최종 마무리 작업은 내 방 책상에서 한다. 깊은 집중이 필요할 땐 모래시계를 뒤집어가며 몰두한다. 모래가 전부

아래로 내려오는 데 30분이 걸린다. 한두 번 뒤집은 후에는 모래시계의 존재를 잊는다. 모래시계는 첫 자세를 잡아주고는, 내가 몰두한 것을 확인하면 사라진다. 곁에서 친절하게, 사라진다.

작업에 시달리지 않는 밤엔 랩톱으로 영화를 본다. 며칠 전엔 〈바르다가 사랑한 얼굴들〉과 〈결혼 이야기〉를 봤다. 울거나 웃고 와인을 마신다. 한 잔이나 반 잔. 과음하는 편은 아니다. '기분을 조금 축인다'라고 생각하며 마신다. 안주는 거의 먹지 않는다. 배가 고플 땐 치즈를 조금 곁들이는 정도다.

다와다 요코가 자기 방을 '자궁'처럼 아늑하게 만드는 데 온 힘을 쏟는다는 글을 읽은 적이 있다. 방을 자궁과 연관시켜 생각하는 일이 좀 뻔한 것 같아, 당시엔 흘려들었다. 그런데 요새 그의 글이 자꾸 생각난다. 밤에 내 방에 혼자 앉아 무얼 하거나 쉬고 있을 때면, 내 방이 자궁처럼 나를 품어주고 있단 생각이 든다. 그렇지 않고서야 이렇게 보호받고 있다는 기분을 느낄 수 있을까? 게다가 이 방에서 나는 날마다 자란다고 느낀다. 그러니 울프가 말하듯 '자기만의 방'을 가질 일이며(방이 아니라 집의 어느 공간이어도 좋다. 식탁이나 소파 아래처럼) 이미 가졌다면 그곳을 나만의 자궁처럼 만들어볼 일이다. 쉽지 않을 수 있다. 방과 친해지는 데도 시간이 걸린다.

잠든 시간과 깨는 시간

새벽이 깊어지기 전에 침실로 간다. 잠든 남편이 깨지 않도록 살금살금 침대로 들어간다. 온기 옆에 온기를 포갠다. 잠들면 나는, 지진이 일어나지 않는 한 깨지 않는다. 아마도 새벽 4시 즈음 남편은 일어날 것이다. 이번에는 그가 달콤한 '혼자의 시간'을 만끽할 테지.

오전 8시 즈음 내가 일어나면 남편은 거실 테이블에서 타닥타닥 키보드 소리를 내며 글을 쓰고 있거나 신문을 보고 있다(웬일인지 자기 방을 놔두고 요새 그곳에 안착했다). 나는 따듯한 물을 한 잔 마시고 사과를 씻는다. 우묵한 그릇에 요구르트와 사과, 꿀을 넣는다. 아침(주로 한식을 먹는다)을 먹기 전 애피타이저다. 소파에 앉아 뉴스를 보며 남편과 요구르트를 먹는다. 매일 아침 우리의 루틴이다.

화룡점정

집을 완성하는 건 '고양이'가 아닐까. 내 방에 혼자 있는 밤, 고양이의 방문만은 허락한다.

방공호

세상이 불안정할 때, 집은 방공호가 되어준다. 큰 집이든 작은 집이든, 자가든 셋집이든 상관없다. 집은 불안정한 세계를 유랑하는 인간이 숨어 안식을 취할 수 있는 곳이다. 집은 웬만해선 놀라운 일을 벌이지 않는다. 나무처럼 항상성을 지닌다. 주인이 허락하지 않는 한 낯선 사람을 들이지 않는다. 집은 거주자의 손길을 주는 대로 받고, 그대로 유지한다. 집의 수동성은 안정감을 준다.

4

우리는 타인의 슬픔을 간직할 수 있다

기다림의 순정에 머무를 수 있다면◇

내겐 글을 시작하기 전 뭉그적거리는 버릇이 있다. 원고 마감을 앞두고 촌각을 다툴 때도 그렇다. 뭉그적거리는 시간은 에너지가 싹트는 시간이다. 밥할 때 뜸 들이는 시간 같은 거냐고? 그보다는 목욕탕에서 때를 밀기 전 물에 몸을 불리는 시간에 가깝다. 고백하기 전 마음 둘레에 근육이 붙을 때까지 마음을 공글리는 일에 가깝다. 혹은 강아지가 뱅글뱅글 돌며 똥 눌 자리를 고르는 일과도 비슷하다.

무슨 일이든 시작하기에 앞서 때를 기다려야 한다. 알맹이가 '스스로 나오고 싶어질 때' 말이다. 가령 글을 쓸 때 쓰고 싶은 마음이 안에서부터 치밀어 오르길, 종이 위로

◇ 호프 자런, 『랩 걸』, 김희정 옮김, 알마, 2017.

글자들이 뛰어내릴 준비를 마치길 기다려야 한다. 그럴 때 쓰는 사람도 읽는 사람도 편안한 글이 태어난다.

> 대부분의 씨앗은 자라기 시작하기 전 적어도 1년은 기다린다. 체리 씨앗은 아무 문제 없이 100년을 기다리기도 한다. 각각의 씨앗이 정확히 무엇을 기다리는지는 그 씨앗만이 안다.◇

『랩 걸』을 읽다 씨앗의 기다림을 이야기하는 대목에서 탄복했다. 아무 문제 없이 백 년을 기다리기도 하는 씨앗이라니. 어둠을 자궁 삼아 웅크려 있었을 백 년의 기다림! 어느 연꽃 씨앗은 싹을 틔우기까지 중국의 토탄 늪에서 2천 년을 기다려온 것으로 밝혀졌다. 시작하기 위해 2천 년의 시간이 필요한 존재도 있다. 그에게 2천 년은 죽은 시간이 아니라 나아가는 시간이었으리라. 기다림은 과정이자 결과다.

씨앗에게 싹은 기다림 끝에 돋아난 기적이다. 얼마나 더 기다려야 하는지는 오직 그 씨앗만이 안다. 싹은 작은 나무가 되고, 작은 나무는 큰 나무로 자란다. 중간에 멈출지

◇ 50쪽.

라도, 큰 나무가 되지 못할지라도 모두에겐 나름의 시간이 필요하다. "눈에 보이는 나무가 한 그루라면 땅속에서 언젠가는 자신의 본모습을 드러내기를 열망하며 기다리는 나무가 100그루 이상 살아 숨 쉬고 있다"◇◇라고 쓴 호프 자런 글에서 숲의 비밀, 생명의 불가해한 비밀을 본다.

이유가 없어 보일지라도 이유가 있다. '아직'이라는 씨앗은 '기어코'라는 열매를 맺는다. 우리가 기다림의 순정에 머무를 수 있다면.

◇◇ 50~51쪽.

우리는 타인의 슬픔을 간직할 수 있다◇

슬픔은 뜨거운 것이라서 포장하려 하면 포장지가 들러붙는다. 보기 좋게 세공하려 하면 내용물이 터져 나온다. 무언가 하면 할수록 슬픔은 원래 모양과 열기, 에너지를 잃는다. 이쪽에서 받을 수 있는 건 쭉정이처럼 가느다래진 슬픔의 그림자밖에 없다. 그렇다면 슬픔은 어떻게 다루어야 하는가? 생긴 모습 그대로, 들고 있던 형태 그대로 이쪽을 향해 내려두기. 그냥 두는 일이 최선이 아닐까? 두는 일이란 슬픔을 '보이는 일'이다.

이 책은 아이를 잃고 슬픔에 빠진 한 인간이 자기 슬픔

◇ 유병록, 『안간힘』, 미디어창비, 2019.

을 회복하려고 쓴 책이 아니다. 슬픔을 손바닥 위에 올려두고 들여다보기 위해서, 슬픔을 슬픔으로 간직하기 위해 쓰였다고 생각한다. 슬픔은 극복의 대상이 아니다. 책 제목을 "안간힘"이라고 정하기까지, 이 무겁고 투박한 단어를 돌멩이처럼 표지에 얹어두기까지, 그는 슬픔을 지극하게 마주하고 겪어냈을 것이다.

> 슬픔은 얼른 벗어나야 할 공간처럼 느껴지기도 한다. 그래서 어떻게든 더 빨리 그곳을 벗어나는 방법을 찾기 위해 애쓰기도 한다. 하지만 어떤 기분은, 특히나 슬픔은 얼마만큼의 시간이 지나서야 물러선다.◇◇

이 책에는 '울다'라는 동사가 많이 나온다. 울었다. 울부짖었다. 비명을 지르며 울었다. 눈물이 흘렀다……. 아이가 부재하는, 슬픔의 흔적이 가득한 곳으로 돌아오는 일은 어떤 일인가? 슬픔을 꼬리처럼 달고 생활하는 일일 것이다. 밥을 먹고, 회사에 나가고, 아내와 작은 일로 다투고, 화해를 도모하면서도 그는 틈틈이 운다.

◇◇ 59쪽.

> 울음은, 화산처럼 폭발하는 울음은, 마음에 담긴 불필요하고 쓸데없는 생각을 한꺼번에 날려버린다. 아무래도 울음은 무엇으로 대체되는 게 아닌 것 같다. 울음이 필요하다면, 우는 것 말고는 방법이 없다.◇

눈물을 애써 거두지 않은 채 하는 말간 고백에 책을 읽는 내내 울었다. 훌쩍이다 뚝뚝 눈물을 떨구고, 코를 풀고, 다시 울고, 자꾸 흐르는 눈물을 내버려두었다. 그가 '울었다'라고 솔직히 적어서, 슬픔을 밖으로 꺼내주어서, 나도 따라 울 수 있어서 안도했다. 그렇다고 이 책이 슬픔으로 똘똘 뭉친 무거운 책이라고 생각하면 오산이다. 울다가 웃다가를 자주 반복했는데, 그가 슬픈 와중에도 "정말 괜찮을까, 대머리가 되어도?"라고 진지하게 자문하거나 아내에게 서운한 점을 따져가며 억울해하는 대목에선 웃음이 터졌다.

나는 이런 책에 사족을 못 쓴다. 웃음과 눈물에 솔직한 책. 외투가 없는 책. 마음이 외투인 책. "어떤 침묵은 외면이겠지만, 어떤 침묵은 그 어떤 위로보다도 따뜻하다"는 문장 앞에서 침묵의 갈피를 헤아리게 하는 책. "너무 아파서

◇ 49쪽.

비명을 지르는 것이다. 눈물을 흘리고 소리를 지르고 글로 남기는" 것이라고, 자기 슬픔을 투명하게 까 보여주는 책.

사실 겁이 났다. 그 일이 있고 한참 지날 때까지, 그에게 어떤 위로의 말도 건네지 못했다. 시간만 보냈다. 묵직한 이불을 한 채 사서 집으로 보낼까, 생각하다 관뒀다. 웬 이불이람. 무거운 이불이 그를 질식하게 할 것 같았다. 오래 지난 뒤 그에게 겨우 메일을 한 통 썼는데, 어느 매체에 쓴 그의 글을 읽고 나서다. "위로를 찾아 걸어오는 사람인 병록 씨를 만났는데, 왜 내가 위로를 받은 느낌인지. 왜 내가 울고 싶은지. 괜찮지 않더라도, 괜찮지 않은데도, 괜찮은 시간이 우리에게 오겠죠?" 나는 물었고 그는 답장을 보내왔다. "다른 사람이 모두 제 슬픔을 잊었을 거라고 생각하면서도 한편으로는 여러 사람이 저를 생각하고 있을 거라고, 제 이야기를 아직 간직하고 있을 거라고 믿고 있었던 것 같아요." 이 문장을 오래 생각했다.

우리는 타인의 슬픔을 간직할 수 있다. 받아들인 슬픔은 몸속에서 내 슬픔과 같이 살기에, "아직 간직"하고 있는 슬픔이 된다. 슬픔은 돌연 발현되기도, 침잠해 묵은 슬픔이 되기도 하지만 그것은 간직한 슬픔이다. 타인의 기쁨보다 슬픔이 우리 안으로 쉽게 들어온다면, 그건 우리가 가진 슬픔의 방이 광장처럼 넓기 때문일까? 타인의 슬픔을 다 알 순 없겠지만 내 슬픔의 방 한쪽에 그의 슬픔을 간직하고 있다. 다 자라지 못한 그의 아이를 간직하고 있다. 책을 읽으면서 내내 눈물을 흘린 까닭은 내 안에 그의 방이 있기 때문이라고 믿는다.

나는 이 작은 책을, '안간힘'이란 세 글자를, 짐승처럼 울부짖는 존재를, 사랑하는 이를 이해하려는 몸짓을, 그 더듬거림을, 떠난 사람들을, 그리고 사라지지 않는 우리의 슬픔을 사랑한다. 슬픔에 울부짖는 사람, 그 소리를 사랑한다. 큰 슬픔 앞에선 어떤 위로도 소용이 없을 거라는 생각은 오해다. 듣는 것, 울음소리를 들어주는 것이 위로다.

슬픔을 꺼내 보이는 모든 시도 앞에서 두 손을 모은다. '엄숙'을 위함이 아니라 '간직'을 위해서. 당신의 슬픔을 제가 간직하겠어요, 하는 약속으로.

오랜만에 펑펑 울고 나니 맑아졌다.

나오고 싶지 않은 방◇

주란 씨에게.

어젯밤 편지를 쓰려고 앉았는데 쓰지 못했어요. 책상에 앉아 주란 씨의 책들을 몇 번 쓰다듬고, 다시 몇 편을 더 읽었지요. 그런 다음 냉장고에서 에일맥주 한 캔을 꺼내 꼬깔콘 한 봉지를 먹으며, 유튜브로 '잠자는 모습으로 알아보는 고양이 심리 상태'를 시청했어요.

오늘 저는 용기를 내 다시 편지를 씁니다. 편지를 쓰려니 괜히 부끄럽네요. 실은 주란 씨랑 나란히 앉아 이런 얘기나 오래 하고 싶어요. 새벽에 과자를 까먹는 일, 먹지 않고

◇ 이주란, 『모두 다른 아버지』, 민음사, 2017.

참는 일, 참다가 서러워지는 일, 그러니까 그냥 먹어, 하고 말하는 일. 다른 얘기는 안 해도 좋을 것 같아요. 주란 씨 소설에 등장하는 사람들처럼 먹고 마시고 이야기를 주고받고, 기다리고, 떠나고, 다시 만나는 범상한 모든 일 속에서 다만 살아가는 일. 그 안에 깃든 묵직한 삶의…….

'삶의……' 뒤에 붙일 말을 도저히 못 뱉겠어요. 뭐가 됐든 부족할 것 같아요. 제 마음을 아실 거라 생각해요.

주란 씨 소설을 읽고 나면 할 말이, 혹은 하고 싶은 말이 없어요. 누가 줄거리를 물으면 죽은 조개처럼 입을 꼭 다물고 싶을 것 같아요. 줄거리를 어찌어찌 말한다 해도 그게 중요한 건 아니죠. 사실보다 중요한 게 있고 진실보다 더 묵직한 거짓이 있지 않겠어요?

어느 날은 종일 이런 말을 중얼거리고 싶습니다.

"중요한 건 그게 아니야. 중요한 건 그게 아니라고. 중요한 건 그게 아니라니까."

그렇다면 주란 씨, 중요한 건 뭘까요?

주란 씨 소설은 다 읽고 나면 '기분'이 남아요. 알겠는 기분이요. 상황이 아니라 기분을 알겠어서 내가 묽어지는 기분이죠. 저는 다만 그 기분을 느끼고 싶어 주란 씨 소설을 도돌이표처럼 반복해 읽습니다.

우린 두 번 만났지요. 첫 만남은 칼국숫집에서였어요. 후배와 술을 마시고 있었는데 옆 테이블에서 황현진 작가가 친구들과 술을 마시고 있었고, 우리는 인사를 나눴지요. 얼마 후 그쪽 자리를 파하고 가나 보다 했는데, 황현진 작가와 주란 씨가 나가다 말고 이쪽 테이블로 와 앉았지요. 모두 좀 취해 있었어요. 우리는 복분자주를 꽤 여러 병 마셨어요. 그랬죠? 당시 저는 주란 씨를 몰랐고, 아직 소설도 읽어보지 못한 때였어요(미안해요). 하여간 우린 많이 웃었고 주인아주머니가 와서 그만 떠들고 집에 좀 가라는 언질을 여러 번 준 걸로 기억해요(우리 그날, 시끄러운 진상이었을까요?). 주란 씨가 놀랍게도 제 시를 많이 좋아한다고 말해주었고 저는 빈말이려니 들었는데, 또 그게 아닌 것 같아서 많이 기뻤답니다. 황현진 작가는 몇 년 전 제주에서 제가 "소처럼" 울던 모습을 기억한다고 말했고, 저는 과연 그렇게 울었던 때가 떠올라 부끄러웠지만 좋았습니다. 소처럼 운다니, 그게 뭐가 나쁘겠어요. 뭐가 그토록 웃긴지 저는 그날 배가 찢어질 정도로 웃다가 택시를 타고 집으로 돌아와 침대에 엎드려 한 시간 동안 소리 내서 울다 잠들었어요. 모르겠어요. 왜 그랬는지. 그날 현진 언니(그렇게 부르기로 했어요)와 주란 씨, 제 후배, 이렇게 넷이 술을 마셨고 시시껄렁한 이야기를 나누며 웃었지만, 그런 생각이 들었던 것 같아요. 우린 진짜 슬픈 사람들이야.

우리는 한 번 더 만났어요. 다시 보자고 한 지 꽤 오랜 시간이 흐른 어느 저녁이었죠. 현진 언니와 주란 씨, 저 이렇게 셋이 술집에서 만났고 처음엔 좀 어색했어요. 두 분은 서로 친하지만 저는 그렇지 않은 상태였잖아요(지금도 우리가 많이 가깝진 않지만, 저는 심적으로 친밀함을 느낀답니다).

술집에서 나온 우리가 살랑살랑 바람을 맞으며 주란 씨 집으로 걸어가던 길이 생각나요. 참새처럼 총총 앞서가던 주란 씨, 편의점에서 술과 안주를 골라 우르르 걷던 우리들. 딱 주란 씨처럼 꾸며놓은 집. 주란 씨 방은 보자마자 제 마음에 쏙 들었습니다. 직접 그린 그림이 붙어 있었는데 간직하려고 사진으로 찍어두었죠. 그날 우리가 나눈 이야기는 잘 기억나지 않아요. 많이 웃고 떠들고 마시던 기억만 남았어요. 제가 주란 씨 책상에 놓인 타원형의 탁상 거울이 예쁘다 하니 집에 갈 때 그걸 꼭 주고 싶다고 한 거 기억해요? 두 개를 샀다며 꼭 가져가야 한다 했어요. 사양해야 한다고 머리가 말하는데, 가슴이 그걸 냉큼 받고 싶어 했어요. 거울이라니. 주란 씨가 주는 거울이라니! 하면서요(이때 저는 주란 씨 소설을 좋아하는 팬이 되어 있었죠). 오늘 아침에도 저는 화장대에 놓인 주란 씨의 거울을 들여다보며 로션을 바르고 눈썹을 그렸어요. 그날 거울 말고도 주란 씨는 친언니가 직접 만든 거라며 미리 포장해둔 쿠키를 선물로 주었죠. 저는 다른 누구도 아닌 당신에게 이렇게 사랑을 받는 일이 좋아서 행복하다고 생각했어요. 그 마음은 지금까지도 내내 그래요.

그날 집으로 돌아와서는 울지 않았어요. 선물 받은 거울을 화장대 위에 잘 놓아두고 양치를 한 뒤 푹 잤습니다.

주란 씨, 첫 소설집 『모두 다른 아버지』에서 마지막에 실린 「참고인」 있잖아요. 그 소설을 참 좋아해요. 그 소설엔 제가 들어 있거든요. 여기저기 편편이, 하여간 들어 있어요. 끝부분에 주인공과 언니의 대화 장면을 기억해요. 울고 싶었으나 울지 못했는데, 꼭 눈물에 체한 기분이었어요.

주연아 이런 게…… 어려운 일이 아니다?

뭐가.

너랑 함께 있으니까 힘이 나는 것 같아.

무슨 힘이 나.

왜. 니 얼굴 보니까 이제 다시 잘 살 수 있을 것 같은데.

뭘 어떻게 잘 살아.

지금의 나를 세 번째 나라고 생각하면 되지.

언니.

진짜 나는 어디선가 되게 잘 살고 있는 거야.

나는 언니 눈을 봤다.

아. 그리고 진짜 너도.◇

진짜 나는 어디선가 되게 잘 살고 있을 거야, 이런 마음. 태어나면서 내내 중얼거려온 말 같아요. 심각하게는 아니고 '지금의 나'보다 '괜찮아야 마땅할 나'를 수없이 만들어보는 일이요. 그 마음이 뭔가를 쓰게 하지 않았나 생각해요.

평소에는 거의 연락을 나누지 않지만, 우리 어느 날 문득 또 만날까요? 현진 언니에게 복분자주를 사달라고 할까요? 별 얘기도 없이 속을 나눈 것 같은 사람들과 술을 마셔요. 저는 주란 씨 소설 속 인물들이 힘들고 슬픈 일을 겪은 뒤에 밥을 하고, 상을 차리고, 장을 보고, 일을(그렇죠, 일을!) 하러 가는 걸 보는 게 힘들면서 좋아요. 그게 딱 삶이잖아요.

주란 씨 소설은 극적인 장면 없이 고루 팽팽하고, 대단한 플롯 없이도 완벽하며, 시 없이 시로 가득하고, 청승 없이 슬픔의 끝점을 보여주죠. '도—'라는 음계만으로 이루

◇ 251쪽.

어진 음악 같고, 연노랑으로 그린 핏물 같고, 발 없이 멀리 가는 구두 한 켤레 같고, 또…… 제가 잘 아는 세계, 잘 아는 사람, 오래 지켜온 비밀을 모아둔 화단 같아요. 다시 들여다보면 슬프고, 괴롭고, 안도하게 되는, 무엇보다 잘 쓰려는 의지 없이 제대로 말해버리는, 작가의 태도가 매력적이지요. 감정을 꾹꾹 눌러 여백이라는 큰 방을 만들어두면 저는 거기 들어가요. 나오고 싶지 않아요.

당신이 어떤 글을 쓰든, 저는 무조건 당신 편이 되겠습니다. 열렬히 쓰는 나머지 너무 지치지 말고, 쉬엄쉬엄 주란 씨가 쓰고 싶은 대로 맘껏 써주세요. 주란 씨가 자유로운 작가가 되었으면 좋겠어요. 제가 아끼는 소설가들(많아요!) 중 주란 씨는 제 마음속에 책갈피처럼 깊숙이 끼워놓고 싶은 작가예요. 뭐든 기억하고 싶어서요(좀 간지러우면 긁으세요).

글을 써주어 고맙습니다. 당신의 건강과 행복을 빌게요.

덧) 그날 주란 씨 방에서요.

하모니카 불어준 거, 좋았어요.

당신의 팬, 박연준 드림

호의◇

매일 물을 주는 내 호의가 저 나무에겐 숨을 끊어내는 고통. 어린 나무숲에겐 쏟아지는 장대비일지도 모르지.

문 닫은 거리 밤의 빛들을 잘게 부수며 오는 고양이들. 무너져가는 건물 뒤편 외벽에 기댄 고양이가 도망가지 않는 건 나를 가까운 종족으로 받아들였거나, 아니면 심하게 다쳤거나,

귀뚜라미도 더듬이를 세워 온갖 소리를 다 받아먹는 저녁. 나의 웃음이 고양이에겐 뇌를 찌르는 고통의 전류.

◇ 이설야, 『굴 소년들』, 아시아, 2021.

심장을 찢는 날카로운 칼날일지도 모르지.

나비야, 나비야

밥을 줄게 부드러운 심장을 다오

작고 탐스러운 고양이야

고양이는 내 발자국을 피해, 순식간에 지하 낭떠러지로 사라졌지. 벽 틈으로 간신히 뻗어 나온 손 놓쳤지. 내가 지하창고로 내려갔을 때 고양이는 납작한 구석이 되어가고 있었지. 나의 호의는 장대비를 몰고 지하로 내려오고 고양이는 고양이가 아닌 무언가가 되어가고 있었지.

지난밤에는 새끼 거미들이 내 집에서 죽어 나갔는데,
내가 만진 나뭇잎들이 비명을 지르며 떨어져 나갔는데,

내가 다시 손전등과 이동 가방을 들고 지하로 내려갔을 때 고양이는 사라지고 없었지. 커다란 지하창고는 고양이 몸집처럼 점점 작아지고 나도 고양이만큼 작아지고, 어느 순간 장대비 쏟아지는 숲에 내려 회색 고양이를 뒤쫓고 있었지.

나비야, 나비야

꽃을 줄게 유리구슬을 다오

이리 날아와, 어서 내 노래를 들어다오

얼굴을 닦고 또 닦아도, 닮지 않는 밤의 고양이는 발톱 속에 말을 감추고 있었지. 밤의 마지막 빛들을 잘게 부수고 있었지.

누전된 호의는 비를 맞고 나비의 날개는 축축하게 젖고, 나는 더 이상 내가 아닌 무언가가 되어가고 있었지.◇

1990년대 초에 개봉한 〈미저리〉란 영화를 아시나요? 어느 소설가를 향한 한 여자의 광기 어린 집착을 그린 영화인데요. 보는 내내 오싹함을 느낄 수밖에 없었던 이유는 주인공의 태도 때문이었습니다. 보살핌이란 명목 아래 한 사람을 속박하고 복종하게 만들려는 자의 폭력성이 보기에 끔찍했거든요. 애정이 일방향으로 흐를 때, 광기와 구분되지 않을 때, 상대의 기분이나 감정을 살피지 않고 커져만 갈 때 우리는 공포를 느낍니다. 처음 호의에서 시작

◇ 「호의」 전문.

한 마음은 삿된 욕망과 잘못된 신념으로 끔찍하게 바뀌지요. 비단 영화뿐 아니라 요새 뉴스만 봐도 그래요. "사랑해서 그랬다"는 스토커들의 파렴치한 변명, 명백한 범죄행위에 치가 떨립니다. 세상 끔찍한 게 혼자서 날뛰는 마음이란 생각이 듭니다.

이 시는 "매일 물을 주는 내 호의가 저 나무에겐 숨을 끊어내는 고통"일지 모른다는 화자의 깨달음에서 시작합니다. "나의 웃음이 고양이에겐 뇌를 찌르는 고통의 전류"라는 문장은 어떤가요. 저는 식물과 고양이를 둘 다 기르는 사람으로서 뜨끔하지 않을 수 없었는데요. 이 시를 벌서는 기분으로 읽었습니다. 인간은 왜 인간 아닌 것까지 인간 중심으로 생각하는 걸까요? (곤충을 무서워하는 저는 또 반성해봅니다. 곤충 입장에서 보면 제가 얼마나 무섭겠어요? 모든 면에서 그들에게 제가 더 위협적인데 말입니다.)

너무 아끼거나 너무 가까이하거나 너무 들여다보거나 너무 그쪽을 생각하는 마음에 대해 새삼 생각해보았습니다. 나의 '너무'가 '너무한' 마음이 되는 순간, 그 순간부터 호의는 칼이 되겠지요. 자꾸 뜨끔한 걸 보면 제게 이런 순간이 꽤 많았나 봅니다. 서로 즐겁자고 한 이야기가 상대에게 즐거움은커녕 불쾌함을 줄 때가 있었겠지요. 배려라 생각해 한 행동이 상대를 성가시게 만든 적도 있었겠고요. 사랑이라 생각하고 한 행동이 상대에게 부담으로 다가갈 수도 있었을 겁니다. 시인은 (얄짤없이) 시의 제목을 "호의"라 붙였습니다. 호의. 사전에는 "친절한 마음씨. 또는 좋게 생각하여주는 마음"이라 나와 있습니다. 호의라는 말도, 뜻도 좋지요. 그러나 그게 "누전된 호의"라면 얘기가 다르겠지요. 힘든 사람을 더 힘들게 만들고 소외된 사람을 더 소외시키는 호의가 무슨 소용이겠어요.

적당한 무관심이 식물을 잘 자라게 하고, 적당한 관심이 관계를 건강하게 만든다지요. 지혜가 없는 저 같은 사람은 이 적당함이 어느 정도인지 모릅니다. 모르겠으니 그저 「호의」란 시를 몇 번 더 읽어보겠습니다. 집고양이가 예쁘다고 너무 쫓아다니지 말자, 명심하겠습니다.

언니들의 시◇

어떤 시는 소리로 온다. 소리가 앞서고 다른 것들이 차례로 온다. 소리가 음악을 초대하고 감정을 부르고 무대를 만들고 조명을 켠다. 소리는 시의 시작과 끝을 주관하며 시에 형상을 입힌다. 뜬구름 잡는 이야기가 아니라 모든 시는 낭독을 기다린다. 정말이다. 낭독하면 '시의 얼굴'이 도착한다. 눈으로 읽는 시는 얼굴을 가린 시와 짧게, 시간을 보내는 일이다.

소리를 입으면 시의 얼굴은 형상을 갖고 살아 움직인다. 시는 존재한다. 사물처럼 공간을 메운다. 소리를 입으면 시는 얼굴을 내밀고 얼굴을 사용하게 해준다. 나는 시의 얼

◇ 박상수, 『너를 혼잣말로 두지 않을게』, 현대문학, 2022.

굴을 만지는 일을 좋아한다. 얼굴은 몸에서 영혼이 가장 많이 고여 있는 곳, 감정들이 복잡한 걸음으로 오가며 길을 내는 곳이다. 「윤슬」의 첫 부분을 마주하자마자 알았다. 읽고 싶다. 이건 소리 내어 읽을 수밖에 없는 시다.

> 있을게요 조금만 더 이렇게, 모래에 발을 묻어두고
> 저녁이 오기를 기다리며 여기 이렇게 있을게요 끝에서부터
> 빛은 번져오고, 양털 구름이 바람을 따라 흩어지다가
> 지구가 둥그렇게 휘어지는 시간, 물들어오는 잔물결, 잘게
> 부서진, 물의 결, 아무것도 하지 않고 나는 그냥 여기 앉아
> 있어요

나는 읽었고, 다음의 시를 순서대로 소리 내 읽었으며, 사나운 식욕으로 시를 먹어치운 사람처럼 흡족함으로 몸을 떨었다. 충만한 기분을 혼자만 느낄 수 없어서 한 달에 한 번, 자기가 쓴 시를 읽고 얘기하는 '모과 모임'에 들고 나갔다. 써온 시에 대해 이야기를 나눈 후, 우리는 「윤슬」을 읽었다(우리는 언제나 시를 소리 내어 읽는다). "해변의 끝자락에 아직 있어요, 라고 말할 수밖에 없는 내가 여기 조금 살아 있어요"로 끝나는, 시의 마지막 부분에선 모두 진심으로 상처받은 듯 보였다. 시가 정통으로 몸을 통과해 지

나간 자리에서 우리는 얼빠진 얼굴로 앉아 있었다. “어떻게 이렇게⋯⋯ 좋을 수가 있죠?” 누군가가 말했고 우리는 다른 시들을 소리 내어 더 읽어보았다. 세 명의 여자가 이마를 맞대고 앉아 시를 읽는 일요일 아침이었다.

— 아무것도 설명하지 않았는데 그냥 알 것 같은 마음이 들어요.

— 아무것도 설명하지 않았는데 아는 것, 그게 시 아닐까요.

— 다와다 요코의 『눈 속의 에튀드』가 생각나요.

— 카프카가 시를 쓴다면 이렇게 쓰지 않았을까요.

— 이 시인은 시의 처음, 운을 어떻게 떼야 하는지를 아는 것 같아요.

— 계속, 계속, 계속 듣고 싶은 이야기예요.

— 산문시가 쓰고 싶어졌어요.

— 산문시엔 언제나 ‘음악’이 더 와야 하죠. 이렇게, 음악이 더 필요해요.

우리는 잠시 조용히 있었다. 소리 없는 바람이 테이블 위로 지나다녔다. 좋은 시를 읽고 나면 몸속의 동서남북이 바뀌는 것 같다. ‘우는 바람’이 몸 곳곳을 헤매고 다니는 기분이 든다.

박상수의 시에는 대의나 명분이 없다. 명명백백한 것, 늠름하게 서 있는 것은 그의 시에 없다. 이념이나 개념, 강처럼 펼쳐진 반듯한 생각 같은 건 (들어)올 수 없다. (그렇다고 철학이 없다는 말은 아니다.) 그의 시는 고양이의 접힌 귀 같다. 펼치자면 얼마든지 펼쳐질 수도 있겠지만 접어놓고 시작하는 시, 뒤돌아서 말하는 시, 중요하지 않은 이야기만 줄곧 하다가 헤어질 때 뜨거운 돌멩이 같은 걸 떨어뜨리고 사라지는 여자아이 같은 시다. 작고 여리고 어리고 비릿한 목소리로 인생의 가장 무거운 것에 대해 말하는 일, 힘이 없어서 스스로 세질 수밖에 없는 존재의 목소리를 채집하는 일이 그의 시 쓰기다.

시 속 화자들은 대체로 움직인다. 능동적인 움직임이 아니라 '있을 곳 없음'에 자리를 옮길 수밖에 없는 움직임이다. 필요에 의한 걸음, 단절된 걸음, 모색 끝에 나온 걸음, 부자연스러운 걸음, 울고 있는 걸음으로 화자들은 피로해 보인다. 그들은 늘 여기저기에서 호출되고 지시를 받는다. '아무도 데려가지 않는 상자'를 떠안거나 부당한 요구를 받고 질문하지만 답을 받을 수 없다. 대화를 시도해도 막히고 질문해도 답을 들을 수 없다. 성으로 들어가는 입구를 찾을 수 없어 헤매는 카프카의 K처럼, 세상의 경계를 더듬으며 빙빙 돌아야 한다. 형태는 다르지만 마음은 비슷한 화자들은 각각의 시 속에서 떠돈다. 그들은 존재를 검토당한다. 검토에 필요한 시간을 기다리고 삶을 유예하는 '모니카'들 곁에서 침잠한다.

「윤슬」의 시작인 "있을게요 조금만 더 이렇게"는 '고단함의 슬기'가 독백으로 터져 나오는 화자의 말이라서 더 아프다. 화자가 있고 싶은 곳은 겨우 "잘게 부서진, 물의 결" "아무도 나를 모르는 곳"이다. "내가 뭐가 되기 위해 노력을 하지 않아도 된다는 허락"을 구할 필요가 없는 곳이다. 화자의 말은 누군가에게 들려주기 위한 말이 아니라 "물의 결"에 놓아주는 말에 가깝다.

오래전 잠깐 그의 시를 의심한 적이 있다. 이런 목소리로, 이렇게 완전한 소녀들의 목소리로 말할 수 있는 어른 남자가 세상에 존재한다고? 폭력으로 가득 찬 세상에서 생존이 임무인 여성의 자세로 말하기, 넘어진 자세로 말하기, 깨진 무릎을 주워 담으며 말하기를 일부러 행사하는 '시인, 어른, 남자'가 존재한다고? 그럴 수 있다는 게 놀라워 믿기 어려웠다. 그들에겐 유구한(!) 크고 낮은 목소리가 있지 않은가. 그걸 지니고 태어난 (남)자가 겁핍과 불안을 지닌 (여)자의 목소리를 일부러 택해 시를 쓴다고? 내가 이 의심에서 벗어날 수 있었던 건 그의 시를 꾸준히 읽어오며 알게 된 점 덕분이다. 그의 목소리는 '흉내 낸 목소리'가 아니다. 그는 여성을 빌려오는 게 아니라, 여성 화자가 되어 시를 쓴다. 그와 여성 화자 사이에는 위화감이 없다. 화자들을 둘러싼 현실은 지금껏 여성이 처해온 자리이고, 화자들을 괴롭히는 인물, 사회, 시스템은 남성의 자리인데, 그는 피로한 여성들의 삶을 아는 게 아니라 그 자리에서 겪어온 듯 보인다.

> 왜 당사자도 아니면서 여성의 목소리를 빼앗느냐고 묻는다면 더더욱 대답할 말이 없다. 다만, 적어도 나는 시를 쓸 때, 비로소 진짜 나 같았다, 라는 말은 할 수 있을 것 같다. 나의 화자는 쉽게 사랑받을 수 없는 말투와 생각과 행동을 가졌지만 그것 또한 나다. 나는 조금씩 내 안의 여성성을 찾아서 움직여왔다고 생각한다. 그 여성성은 내 안의 생명력이었다고 믿는다.◇

그는 시에서 여성 서사를 소비하는 방식으로 늘어놓거

◇ 에세이 「나의 디바 주동우」, 98~99쪽.

나 여성의 목소리를 진열해 보여주지 않는다. 그런 것에 관심이 없다. 여성을 그려 보이거나(묘사) 과장하거나 흉내낼 필요가 없어 보이는데 스스로 그 위치, 그 목소리, 그 상황에 처해 있기 때문이다. 그는 어엿함을 옵션으로 지니고 태어나는 남성의 세계에 머무르는 대신 세상의 억압과 부조리에 맞서 생존해야 하는 여성 세계에 머무른다. 많은 남성이 여성 서사를 취해온 방식(대상화하여 탐하거나 비난하거나 찬미하거나 멸시하거나 사용하거나 버리거나 바라보거나……)에서 멀리 있다. 그와 여성 화자 사이에 거리가 좁거나 없기 때문이다. 나는 이를 '감정이입'이 아니라 '여성되기'라 부르겠다.

얼굴을 온전히 보여주는 시는 흔하지 않다. 어떤 시들은 소리 내 읽어도 분절음으로 (겨우) 존재하다 흩어지거나 형상 없이 그을음만 남기고 사라진다. 뼈가 없는 말들, 표현에만 공들이다 색깔만 많아진 말들, 글이 아니라 글'짓기'에 여념이 없는 말들, 그럴듯해 보이고 싶은 말들로 이루어진 시들은 많다. 그렇지 않은가? 뼈도 영혼도 콧물도 눈물도, 하여간 끈적이는 건 죄다 빼버린 말들로 이루어진 시, 박상수의 시는 이런 시의 정반대에 서 있다. 그의 시에는 부끄러움(존재의 숙명)을 망토처럼 두르고 말하는 화자들이 산다. 그들은 높은 소리로 지저귀기, 도망가며 흐르기, 일부러 가벼워지기를 실천한다. 그들이 편안해지는 건 '이야기를 멈추지 않는 언니'들 곁에서다. 무서워하지 말자고 서로 토닥이는, 어린 여성들의 세계에서다.

"그 여성성은 내 안의 생명력이었다고 믿는다"라고 말하는 그의 말을 믿는다. 그가 하는 이야기는 내 이야기, 이렇게 말고는 달리 말할 길 없는 우리의 이야기다.

> 온통 쓰라리게 흔들리고, 흩어진 채 빛을 담으며, 해변의 끝자락에 아직 있어요, 라고 말할 수밖에 없는 내가 여기 조금 살아 있어요.◇

라고 말할 수밖에 없는, 시.

◇ 「윤슬」 부분.

미친 말들의 슬픈 속도◇

1. 인사

축하합니다.

처음이군요.

힘이 세군요.

당신의 언어는 팽이처럼 저를 곤두선 채 돌고 싶게 만듭니다.

저는 당신에 대해 아는 게 없습니다. 저보다 먼저 당신의 시를 읽어온 김민정 시인으로부터 이런 말을 들은 게 전부

◇ 고명재, 『우리가 키스할 때 눈을 감는 건』, 문학동네, 2022.

입니다.

"시를 너무너무 사랑해. 절에서 자란 적이 있어. 종일 시를 쓰는데, 배가 부르면 시가 안 될까 봐 하루에 한 끼 먹고 쓴대."

솔직히 저는 김민정 시인의 말을 다 믿을 수 없었습니다. 그이는 언제나 좋아하는 것에 곱하기 열, 스물을 하는 사람이니까요. 진짜를 알아보는 정확한 눈을 가진 사람이지만, 사랑이 씌면 열과 불에 휩싸인 듯 애정이 지나친 양반이라 직접 살펴보겠다고 생각했지요.

명재 씨, 세상에 시를 잘 쓰는 사람이야 얼마든지 많지 않은가요? 절에서 자란 적이 있다는 이력에 귀가 조금 커졌고, 시를 위해 끼니를 거른다는 말엔 기가 질려 뒷걸음질하고 싶은 것도 사실이었습니다. 하지만 궁금했습니다. 도대체 당신은 어떤 시를 쓰는 사람일까.

시작하기 전 글의 음색을 어떤 톤으로 가져가면 좋을지 목을 가다듬는 시간을 오래 가졌습니다. 마이크를 들까, 광장으로 사람들을 불러 모아 연설을 할까, 엿장수처럼 가락을 섞어 말해볼까, 그늘이 좋은 뒷마당에서 비질하며 능청을 섞어볼까 고민했습니다. 당신도 그런가 모르겠지만, 저는 글을 쓰기 전 글의 음색을 고르는 일에 시간을 들이거든요. 그렇게 열흘, 목만 가다듬다 결심을 했어요. 마침

내. 명재 씨와 대면하겠다고요.

본 적 없는 이의 눈을 바라보며(자린고비처럼 천장에 당신 얼굴을 걸어두고) 들은 적 없는 목소리를 상상하며 쓰는 사람이 쓰는 사람에게, 말을 걸어보겠다 결심했지요. 첫 시집의 문을 닫는 임무를 맡은 사람으로서 인사를 꾸벅 올리며 뒤로 물러나면 되지 싶었는데요. 음악이 끝나고 침묵이 시작되는 순간을 처음 목도한 사람처럼 끝난 음악을 향해 말을 걸고 싶다는 생각이 들었습니다.

내가 들은 음악은 무엇이었을까. 알 수 없는 이의 얼굴 이야기 같은 것.

2. 시에 꿰뚫린 사람

1부를 다 읽기도 전에 알았습니다.

당신은 시와 정통으로 눈 맞은 사람. 시에 꿰뚫린 사람.

원고를 다 읽고는 통탄했습니다. 요 몇 년 나는 시를 잘못 쓰고 있었구나, 시를 말하느라 시를 잃어버린 시간이었구나, 반성했습니다. 시를 쓰는 한 친구에게 당신의 시 몇 편을 보여주었습니다. 둘이 나란히 앉아 넋을 잃은 표정을 지었지요. 이런 거야. 시는 이런 거였어. 시는 피상이 아니고 관념이 아니야. 시는 삶 가운데 있어. 무엇도 겁내지 않고 언어를 옷처럼 밥처럼 사용하는 사람이 시인이지. 우리는 특히 당신의 은유에 여러 번 나자빠졌는데요. 이 문장을 언급하지 않을 수 없겠습니다. 「수육」이란 시입니다. 도마를 펼치고 김이 나는 고기를 조용히 쥔 엄마의 모습을 그리며 "색을 다 뺀 무지개를 툭툭 썰어서"라고 쓴 대목 말입니다. 썰기 전의 수육을 "색을 다 뺀 무지개"라고 하다니, 한 대 얻어맞은 기분이 들었습니다. 그 슬픈 고기, 슬픈 육신, 슬픈 죽음. 희멀건 살덩이로 전락한 돼지의 육신 조각에서 당신은 어떻게 색을 다 뺀 무지개를 떠올릴 수 있었나요?

여러 날 동안 시들을 반복해 읽으며 저는 가까운 이에게 이런 고백을 하기에 이릅니다.

"시집을 읽는 효용 있잖아. 그걸 알게 됐어. 바로 이런 거였어. 뱃속에 고아원을 들인 것처럼 속이 휑하고 울렁이는 기분. 그런데 벅찬 기분. 너무 슬퍼서 좋은 기분. 내 속에 차린 고아원을 돌보는 기분. 이게 시의 쓸모야. 그게 다야. 시는 사람을 이렇게 만드는 거야. 시는 이렇게 쓰는 거였어. 기억이 났어."

저는 과장하고 있지 않습니다. 명재 씨, 당신은 실로 오랜만에 제게 시의 효용과 시를 읽는 기쁨과 슬픔, 쓰는 자의 성심聖心을 기억나게 했습니다. 기억나게 했다는 건 제가 잊고 살았다는 말이기도 하죠. 기억을 잃은 줄도 모른 채 잘 살아왔던 거지요. 시를 너무 오래 써온 시인들, 시의 세련과 높음, 꼿꼿함, 철학, 밀도, 전위, 뾰족함, 새로움에 복무하느라 정작 '피가 도는 살아 있는 시'를 잊고 산 시인들이 있다면 당신의 첫 시집을 정독해보라고 권하고 싶습니다.

'좋은 시'는 언제나 절박함 속에서 태어납니다. 그건 틀림없어요. 시는 아무 때나 태어나고 심지어 능숙한 손길에 의해 조탁, 가공, 직조가 가능하지만 좋은 시는 다릅니다. 좋은 시는 절박함이란 산도産道를 경험합니다. 좁고 어둡고 축축한 길을 통과하며 절박함이 만들어낸 압력을 견디며 태어납니다. 가까스로. 위험을 뚫고. 쓰는 자도 태어나는 말도 밀어내고 밀리는 엄청난 힘을 겪어야 탄생할 수 있지요. 당신의 시는 세상의 비탈진 곳에서 태어나 이렇게 아름답군요.

이제 저는 당신을 안다고 말할 순 없지만 당신 안에 오래 고여 있다 넘쳐흐른 액체를, 액체의 춤을 본 적 있다고 말할 순 있겠네요.

3. 높은 것에 연결되어 있다는 느낌

당신은 2020년 조선일보 신춘문예 당선 소감에 이런 문장을 썼습니다.

"처음 이곳에서 선생님이 강의했던 날, 칠판에 쓰신 시詩라는 글자가 제 이마를 뚫었어요. 창이 흔들렸죠. 속이 일렁거렸어요. 창밖은 봄이었는데, 선생님이 나긋나긋 시를 읽어주셨는데, 바로 그때 저는 '저 사람이 아니면 안 된다'라는 이상한 확신에 휩싸였어요. 시를 이야기할 곳도, 배울 곳도 없던 이곳에서 저에게는 선생님 단 한 사람이 이 세상의 모든 시였어요."

스승에게 감사를 전하는 이 문장은 읽자마자 심장을 뚫고 들어와 곧바로 몸에 안착했습니다. 마치 제 속에 살던 문장인 듯 제 피에 흡수되는 기분이었어요. 시가 몸에 잔뜩 고여 팽팽해진 자의 곤두섬, 세상을 향한 곤두섬을 저 또한 알고 있거든요. 시와의 첫 조우, 열병 같은 시기를 반드시 통과해야 하는 자의 운명! 큐피드 화살이 인간의 가슴팍을 '뚫고' 지나가는 시점 말입니다. 이 문장을 쓰는 도중 마음이 아팠습니다. 화살은 결국 '지나가고' 만다는 것, 가슴 뚫린 사람의 통증은 아랑곳하지 않고 결국 지나, 가 버린다는 통찰 때문이지요. 물론 명재 씨와는 상관없는 이야기일지도 모릅니다. 화살이 심장에 박힌 채로 살아가는 사람이 있을지 누가 알겠어요? 시의 화살에 영혼이 꿰인 당신이 어떤 상태인지 짐작할 수 있는 시를 볼까요.

그때 나는 골목에서 양팔만 벌려도
양파밭을 넘어서 하늘로 떠올라버렸다

그때 나는 무결한 무릎의 탄성이었다
산비탈을 보면 리듬부터 솟았고

그때 나는 돌아다니는 환대였으므로
개와 풀과 가로등까지 쓰다듬었다

그때 나는 잔혹했다 동생과 새에게
그때 나는 학교에서 학대당했고
그때 나는 모른 채로 사랑을 해냈다
동생 손을 쥐면 함께 고귀해졌다

그때 나는 빵을 물면 밀밭을 보았고
그때 나는 소금을 핥고 동해로 퍼졌고
그때 나는 시를 읽고 미간이 뚫렸다
그때부터 존재할 수 있었다

그리고 가끔 그때의 네가 창을 흔든다
그때 살던 사람은 이제 흉부에 살고
그래서 가끔 양치를 하다 가슴을 쥔다
그럴 때 나는 사람을 넘어 존재가 된다

나는 이야기다 적설積雪이다 빵의 박자다
왜성矮星에 크림을 바르는 예쁜 너의 꿈이다
그렇게 너는 작은 빵 가게를 차린다
무릎 안에 소보로가 부어오를 때

그때 나는 한입 가득 엄마를 깨문다
치매가 와도 매화는 핀다 그게 사랑
뚱뚱한 엄마가 너를 끌어안는다
그때 너는 이야기며 진실이다◇

이 시는 시가 언제 어떻게 왔는지 고백하는 네루다의 유명한 시 못지않게 아름답습니다. 멈추지 않고 맘껏 날아오르는 새를 지켜보는 기분이 들어요. 하늘이 좁다는 듯 활강! 시원하고 쩨쩨함이 없고 안팎으로 그득한 상태, 그러

◇ 「소보로」 전문.

니까 쓰는 자로서는 다 가진 상태지요. 화자는 충만함으로 가득 찬 "그때"를 거푸 소환하며 스스로 어떤 상태에 놓였었는지 진술합니다. "그때 나는"을 반복 사용하는 건 그다음에 오는 문장의 중요성 때문이지요. 다음에 오는 문장은 화자가 처한 상태인데, 시인이 시인으로 존재할 수 있는 짧은 순간이자 영원할 것 같은 기분을 담고 있습니다. 시인은 사는 내내 시인일 수 없지요. "그때"라는 일정 순간 동안만 시인인 상태로 머물 수 있을 뿐입니다("그럴 때 나는 사람을 넘어 존재가 된다"). 그 후 고통스럽게 일상으로 내던져지는 자가 시인이지요. "사람"이 "존재"로 탈바꿈하는 "그때"엔 빵을 문 아이가 밀밭을 보고, 소금을 맛본 아이가 바다로 흘러가고, 시를 읽는 아이의 미간이 뚫려버립니다. 미간이 뚫린다는 건 미래가, 운명이 바뀌어버린다는 의미지요. 한 아이가 기어코 시인이 되는 일입니다.

명재 씨, 우리는 왜 시를 쓸까요? 왜 시를 읽지요? 오래전부터 저는 시를 읽고 쓰는 건 '기분'이나 '느낌'이 전부인 일이라고 생각했습니다. "연의 아름다움은 바람도 얼레도 꽁수도 아니고 높은 것에 연결되어 있다는 느낌"(「청진」)이라는 문장에서 '연'을 '시'로 치환해 읽어도 무방할 듯 보입니다. 시의 아름다움은 우리가 "높은 것에 연결되어 있다는 느낌"을 갖는 일인 거지요. 나무나 음악, 그림과 춤이 그렇듯이. 높은 것, 그게 뭘까요? 알 수 없죠. 얼레를 풀어 시가 바람을 타고 솟아오르도록 놓아주면서 우리 스스로 놓여나는 일. 어쩌면 시인의 평생이 연을 쥔 아이 같을까요? 높은 것에 내내 연결되어 있다는 느낌을 찾고 싶어서, 이 감정에 발이 묶여 평생 고개를 좌우로 빼고 시를, 시 비슷한 것을 찾는 사람이 시인일까요? 당신은 여러 편의 시에서 이 고양된 감정에 대해 말합니다. 그때마다 저는 당신이 계속 높은 것에 연결된 상태로구나 알아챘고요.

이상해 배꼽 주변이 자꾸 가렵고 고압선을 보면 힘껏
당기고 싶고 꿈속에선 늙은 범이 돌담을 넘다가 늘어진
젖이 쓸려서 차게 울어요 연인은 깊은 하늘로 녹아들었고
엄마는 말없이 듣고만 있고 통화감은 철새처럼 높이
떠올라 곡물처럼 끊기는 목소리, 내가 이곳에서 새 삶을
사는 동안 엄마는 암을 숨기고 식당 일을 했고 나는 밝은
새소리로 이곳의 풍경을 노래하면서 남반구의 하늘에 대해
말했다◇

내 안에 어떤 급류가 있는 줄 알아요

◇ 「청진」 부분.

곰이 막 찢어발긴 연어의 색채
여름 감기에 자주 걸리고 혀가 녹아요
나는 왜 나여야 해요 왜 무궁화예요
왜 비가 오면 콧속에 흙길이 열려요◇◇

고압선을 힘껏 당기고 싶고, 담을 넘는 범의 젖이 쓸려서 차게 우는 풍경. 곰이 막 찢어발긴 연어의 색채. 이 사태를 보세요. 시인의 내면 풍경이죠. 심상치 않아요. 상처의 싱싱한 천연색, 붉음, 당신 속의 급류, 흘러내리고 거슬러 오르는 물길이 당신 시의 통로입니다. "누가 울 때 그는 캄캄한 이국異國입니다/누가 울 때 살은 벗겨집니다/누가 울 때 그 사람은 꽃이 됩니다/꽃다발을 가슴에 안아야겠지요"(「그런 나라에서는 오렌지가 잘 익을 것이다」)라고 쓴 당신에게 시는 타인이자 외국어이며 우는 사람입니다. 그러니 누가 알아들을 수 없는 말, 신음, 울음소리를 낸다면 명재 씨, 당신은 귀를 기울일 게 분명한 사람이지요. 저는 귀가 부스러질 때까지 듣고 또 듣는 사람이 시인이 된다고 알아요. 우는 이의 언어를 통역하고 새로운 외국어의 탄생을 기뻐하는 자가 시인이라 생각합니다.

◇◇ 「경주 사는 김대성은」 부분.

4. 미친 말들의 슬픈 속도

사랑하는 사람의 부재 속에서 어떻게 살까, 하는 마음보다 어떻게 죽을까, 하는 마음으로 기울어지는 걸 어떻게 하나요. 곧 기울어질 태세를 갖추는 마음을요. 이런 생각에 골몰할 때 저는 이 시를 반복해 읽으며 조금 울었습니다. 보고 싶으나 볼 수 없는 사람을 가진 자에게 이 시를 반복해 읽기를 권합니다.

매일 사랑하는 사람의 유골을 반죽에 섞고
언덕이 부풀 때까지 기다렸어요
물려받은 빵집이거든요
무르고 싶은 일들이 많아서
사람이 강물이죠 눈빛이 일렁이죠
사랑은 사람 속에서 흐르고 굴러야 사랑인 거죠

인연은 크루아상처럼 둥글게
만두 귀처럼
레슬링으로 뭉개진 시간의 살처럼
나는 배꼽 속에 손가락을 집어넣으며
저마다의 별무리 저마다의 회오리
저물녘이면 소용돌이치는 무궁화 속에

보고 싶다고 말하는 거예요

가장 아름답게 무너질 벽을 상상하는 것
페이스트리란
구멍의 맛을 가늠하는 것
우리는 겹겹의 공실에 개들을 둔 채
바스러지는 낙엽의 소리를 엿듣고
뭉개지는 버터의 몸집 위에서
우리 여름날의 눈부신 햇빛을 봐요

나는 안쪽에서 부푸는 사랑만 봐요
불쑥 떠오르는 얼굴에 전부를 걸어요
오븐을 열면 누렁개가 튀어나오고
빵은 언제나 틀 밖으로 넘치는 거니까
빵집 문을 활짝 열고 강가로 가요
당신의 개가 기쁨으로 앞서 달릴 때
해 질 녘은 허기조차 아름다워서
우리는 금빛으로 물든 눈에 손을 씻다가
흐르는 강물에서 기다란 바게트를 꺼내요◇

◇ 「페이스트리」 전문.

얼굴을 다 사용하는 것. 말끔하게 씹어 삼키는 것. 사라진 얼굴을 내 속에서 다시 그리는 것. 매일 새로운 얼굴을 해 입고 그 사람이 되는 것. 사용하는 것. 사용하는 것. 저는 사랑의 본질이 사랑하는 이의 얼굴을 사용하는 것에 있다고 생각해왔습니다(여기에서 '사용'은 사전적 의미와 차이가 날 수 있습니다). "불쑥 떠오르는 얼굴에 전부를 걸어요"라는 문장을 유념해 읽은 까닭이에요. 당신은 사랑이 "사람 속에서 흐르고 굴러야 사랑인 거"라고 썼지요. 저물녘 "무궁화 속에/보고 싶다고 말하는 거"라고요. 이 시에서 저는 사랑의 속성을 읽습니다. 안쪽에서 부푸는 누군가를 향한 사랑, 틀을 넘치며 태어나는 형상, 저물녘 강가에 솟은 이상한 빵집, 강물에서 솟아나는 기다란 바게트를 봅니다. 당신은 이미지로 지금껏 본 적 없는 특별한 빵집을 만들어 냈군요.

시에 필요한 요소를 생각해봅니다. 우선 가죽 같은 얼굴이 있으면 좋겠지요. 두드려도 사라지지 않고 둥둥 소리를 내는 북 같은 얼굴이요. 그리고 깨진 이마가 필요하죠. 시와 조우하던 날의 당신 이마, 놀라움으로 찢긴 땅, 그 틈에 무언가를 심을 수 있는 피 흘리는 땅이 필요할 거예요. 비 맞는 나무의 하염없음도 필요합니다. 움직일 수도 피할 수도 없는 나무가 한자리에서 비를 고스란히 맞는 일을 시에 데려와야 해요. 목소리의 만개, 자연스러운 언술도 필수입니다. 우리는 그것을 음악이라 부르지요. 음악이 없는 시와 있는 시는 지붕이 없는 집과 있는 집만큼 차이가 납니다. 저는 시를 읽을 때 제일 먼저 음악을 찾아요. 음악을 들을 수 없는 시는 꺼버립니다. 당신의 시에는 제가 시에서 찾는 요소들이 다 들어 있어요. 특히 음악이요. 어째서 당신의 모든 시에 음악이 흐르는가 생각해보았어요. 깨달았죠. 당신의 시에선 '미친 말들의 슬픈 속도'가 음악을 만들어내더군요. 말이 다음 말을, 그다음 말을 데려오는 속도를 생각해보세요. 그건 춤추는 속도와 비슷하죠. 멈추었다 다시 시작하는 움직임이 음악을 결정짓습니다. 시는 언제나 소리가 되고 싶어 하는 장르입니다. 소리로 태어나길 기다리죠. 시는 소리니까요. 무대 위에 오르길 기다리는 '말소리'입니다. 형상 없이 귀로 충분한 시. 맞아요, 그게 시입니다.

그러니 나랑 꽃 보러 같이 갈래요
소리 없이 성냥을 켜는 법을 알아요
머리가 무거운 꽃이 허청, 휘청거릴 때
우리의 눈동자엔 혜성의 꼬리가 밝게 스치고
손끝으로 얼굴을 쓰다듬으며 나랑 같이

책 보러 강에 갈래요[◇]

이 대목에서 저는 일어설 뻔했습니다. 당신과 책 보러 강에 가려고요. 시에서 음악은 개연성을 확보해줍니다. 앞과 뒤의 연결선이 되어주죠. 의미와 상관없이(의미를 넘어) '만능통행권'을 부여하죠. 그러니 말들이 얼마나 신이 나겠어요? 생각 없이, 생각을 앞지를 수 있는데! 저는 이 점이 운문의 특혜(?)라고 생각합니다. 음악으로 개연성을 확보해 비상, 월담, 비약이 허용된다는 점이요. 시를 쓰는 자는 음악을 사용해야 짜릿함을, 완전한 자유를 느낄 수 있어요. 이때 언어는 잠시 해방됩니다. 독립이죠. 그렇지 않나요?

모든 목줄이 훌라후프로 커다래지겠지
죽은 개들이 혀를 빼물고 냇물이 달리고
쫑긋쫑긋 산맥이 서서 목덜미 터지고 흙속에서 더덕이 다리를 뻗을 때
네 어둠 속의 육상을 보고 있다
짓무른 뒷목에 손을 얹은 채
차가운 감자를 갈아서 눈처럼 바른다

◇ 「노랑」 부분.

네 캄캄한 방문에 입을 맞춘다

그리고 나는, 함부로 더 이상해져야지
꽃술을 만지던 손끝으로
배꼽을 파면서
입이나 귀에서 백합이 마구 피면 좋겠다!◇◇

이 엄청난 상상력을 좀 보세요. 월담하는 말들의 힘을요. 상상력은 리듬이고 속도며 음악입니다. 머뭇거림 없이 내지르는 사유의 달리기. 저는 당신이 마이클 조던인 줄 알았어요. 무릎의 탄성이 얼마나 뛰어난지, 상상력에 고무줄이라도 달린 줄 알았지 뭡니까. 상상력이 활달해 언어가 달려 나오는 속도를 느낄 수 있는 시는 이 시 외에도 많았습니다. 언어가 튕겨져 나올 때 생기는 탄성, 세상을 밀치고 태어나는 시의 '압력'까지 느낄 수 있었습니다. 상상력은 음악을 불러오고 음악은 모든 것을 살아 움직이게 합니다. 움직임의 속성은 사랑의 속성과 닮았고요. 명재 씨, 그거 아나요? 당신은 사랑시를 정말 잘 써요. 그리고 음악의 고수죠. 가장 활달한 음악이 흐르는 사랑시를 볼까요?

◇◇ 「우리가 키스할 때 눈을 감는 건」 부분.

움직이는 모든 것이 독자적이죠 이제부턴
파도도 기차도 동물動物이라고
방금 내 옆모습 훔쳐봤죠? 심장이 익죠?
그러니 강강수월래, 이것도 전부 사랑의 놀음
밀고 당기는 해변이 그저 사랑이라고

(…)

심장은 동물 주먹도 동물 울대도 동물
가슴 북 태풍 촛불 지진도 동물
물렁물렁한 귓불도 목도 얼굴도 동굴
오늘은 꼭 대답해줘 나의 움직씨
쾌청하게 하늘이 걷히면 입술을 줄래

반지하가 차오르며 쥐들이 달리고
아이들은 신이 나서 양말을 던지고
나는 복사뼈를 깨트려서 나누어 주리
새들이 물고 멀리까지 날 수 있도록
음악과 귀로 종달새로 껍질을 뚫고

너희 집 앞에 치솟는 복숭아나무가 되리◇

움직임은 사랑의 속성입니다. 사랑할 때 일어나는 마음의 스윙, 몸의 스윙, 인생 전반의 스윙을 생각해보세요. 당신은 그걸 "움직씨"라는 재미있는 말로 표현했습니다. 파도와 기차를 동물(움직이는 생물)로 명명했지요. 강강수월래도, 미터기 속 달리는 말도, 잠수교가 잠길 때 솟아나는 '당신'도 움직씨가 됩니다. 그러므로 심장, 주먹, 울대, 가슴, 북, 태풍, 촛불, 지진은 모두 '동물'로 호명되죠. 움직이는 건 모두 사랑이니까요. 생각해보세요. 식물도 사랑할 땐 잠시 동물이 되잖아요. 그렇지 않나요? 마지막 연에서 휘몰아치는 리듬, 최고조로 나아가는 언어의 행진을 보며 저는 "욕망이여 입을 열어라 그 속에서/사랑을 발견하겠다" 이렇게 시작하는 김수영의 「사랑의 변주곡」을 떠올리기도 했습니다. 그만큼 스케일이 크고 힘이 센 시라는 얘기입니다. 왜 아니겠어요? "복사뼈를 깨트려서 나누어" 주는 사랑이라면, "음악과 귀로 종달새로 껍질을 뚫고/너희 집 앞에 치솟는 복숭아나무가" 되겠다고 선언하는 사랑이라면요. 당신의 시는 미친 말들의 슬픈 속도를 타고 태어

◇ 「왜 잠수교가 잠길 때 당신이 솟나요」 부분.

나는 음악입니다. 사랑에 빠진 자 특유의 미친 탄성이, 움직씨가 당신 시를 지휘해요. 날뛰며 도망가듯 태어나는 언어의 리듬에서 신명을 봅니다. 시원하고 자유로운 감각!

5. 그리움 속엔 왕릉만 한 비탈이 있어

학창 시절, 수학 시간에 좋아하던 용어가 있어요. '기울기'라는 말이죠. 기울기 공식을 외우라는 둥, 직선과 접선의 기울기를 어쩌라는 둥 문제는 어렵기만 했는데요. 답은 모르겠고, 어떻게 풀어야 하나 생각은 않고, 그저 기울기라는 말에 기대 기울어지고 싶었던 일이 기억납니다. 기울기라니, 말이 곱지 않나요? 기울어진 각도를 생각하면 피사의 탑처럼 쓰러질 듯 팽팽하게 견디고 있는 기분이 들었거든요. 그러다가 이 시를 만났습니다.

내 무지개 속엔 개가 있고 엄마가 있고
언덕이 있고 복수腹水가 차고 무덤을 그리고
내 그리움 속엔 왕릉만 한 비탈이 있어서
정수리 너머로 봉분을 힘껏 끌어안을 때
심장을 그리는 법을 알 것 같은데

나는 청어를 알아요 등 푸른 몸과 혓물을 안아요

물을 잔뜩 먹고 부푼 나는 하마가 되어

부드럽게 유영하는 할머니들을 봅니다

백자 같은 인간의

어깨와 곡선

아름다움은 다 겪고도 안아주는 것◇

그리움을 "내 그리움 속엔 왕릉만 한 비탈이 있어서"라고 표현하다니, 이런 시 앞에선 그저 반복해 놀랄 수밖에요. 달리 할 일이 있나요? 놀라고 싶어 좋은 시를 찾아 헤매기도 하는 걸요. 맞아요. 왕릉만 한 비탈이 딱 그리움의 기울기입니다. 왕릉엔 무엇이 들어 있나요? 삶과 죽음, 행운과 불행, 매장된 기억, 유구한 세월, 푸르게 덮인 식물의 몸피. 거대하고 완만한 경사를 타고 흘려보내야 할 감정들이 떠오릅니다. 미끄럼틀처럼 타고 내려가야 할 것들이요. 수영장엔 "다 겪고도 안아주는 것"을 아는 아름다운 할머니들이 있을 테고요. "무지개를 상상하며 팔을 뻗어요"(「자유형」), 시처럼 설명해주는 수영 강사가 있을 테고요.

명재 씨, 당신은 제가 상상한 세상의 모든 기울기 중 가장 슬픈 기울기(왕릉!)를 알려준 사람입니다. 특히나 2부의

◇ 「자유형」 부분.

마지막 시 「사랑을 줘야지 헛물을 켜야지」를 읽고는 울지 않으려고 눈을 부릅떠야 했다는 걸 고백하고 싶군요. "사랑을 줘야지 헛물을 켜야지 등불을 켜야지"라는 문장 앞에서 결국 셋이 하나라는 생각이 들었지요. 사랑을 주는 일과 헛물을 켜는 일과 등불을 켜는 일이요. 그건 시를 쓰는 삶과도 닮아 있을까요?

"어둠의 입장에서는 빛이 밤의 구멍"이라는 놀라운 통찰을 방에 들어온 반딧불이를 바라보듯 봅니다. 눈이 환해지는 사유지요. 나방이 "기꺼이 저 먼 시간을 날아가 밤의 상처에 날개를 덮는" 존재라고 쓴 당신을 생각합니다(「어제도 쌀떡이 걸려 있었다」). 세상을 돌보듯 말을 돌보는 당신의 다정함을 생각합니다.

시집 뒤에 도착한 독자들에게 이 편지가 다정한 뒷문이 되어주면 좋겠네요.

축하합니다.
처음이군요.
힘이 세군요.

당신의 언어는 팽이처럼 저를 곤두선 채 돌고 싶게 만듭니다.